髪の先から銀色の雫がしたたって、とてもきれいで、きれいだから、遠くて。
この人を、急に独り占めしたくなってしまった。

（本文より抜粋）

DARIA BUNKO

# 星を泳ぐサカナ

朝丘 戻

illustration✻葛西リカコ

イラストレーション❋葛西リカコ

CONTENTS

この作品はフィクションです。

実在の人物・団体・事件などに一切関係ありません。

# 星を泳ぐサカナ

ちいさい頃、星に恋した。

父さんが「すっごくいいものを見せてあげるよ」と言って連れていってくれたのは、町はずれにある市営のプラネタリウム。

最初はあのドーム状の建物内へ入ってすぐ、耳がキンとする圧迫感に怯《おび》えて父さんにしがみついていた。けれど、シートに腰掛けて暗闇のなかに無数の星が浮かびあがった途端、深い夜空の底に呑《の》み込まれてしまった。

星と星が線で結ばれて、北斗七星を目印に、うしかい座、おとめ座、しし座の一等星を見つけて春の大三角を繫《つな》ぐ……と説明を聞いているあいだ、なんとか聞き取れたスピカという名前だけ頭のなかで何遍も繰り返した。

瞬きする間も惜《お》しんで魅入って、目が乾いて痛かった。

星座にまつわる物語があることに興奮して、夢中で耳をそばだてた。

さっきまで重たい天井だった場所にひろがる、遠く果てしない星空へ、僕の途方もなくちっぽけな身体が落っこちていくようだった。

その日から、このぴりぴりした衝動と熱い高揚《こうよう》感は胸の隅にひそんでいて、父さんにもらった星座の下敷きを眺めているひとときや、お小づかいを貯めて買った星の本を読んでいる時間に、むくむく膨らんでは色濃く変化していった。

でもあるとき、クラスメイトのあかるくて目立つ男子に、

『星が好きって、女みてー!』

とからかわれて、それを聞いた周囲の子たちにまで嘲笑《ちょうしょう》が伝染していき、げらげら響く笑い声のなかでひどい孤立感を味わったあとは、この想いをひたすら隠してきた。

あの頃はまだ、好きなものを守ろうとする強さを持たない、心の弱い子どもだった。


本田裕仁《ほんだひろひと》さんと知り合ったのは、高校進学と同時に働き始めたレンタルショップ『潮騒《しおさい》』だ。

初日に店長の平林《ひらばやし》さんと挨拶《あいさつ》を交わしていたところへ、ちょうど本田さんが出勤してきて、平林さんが「本田君、この子、坂見優太郎《さかみゆうたろう》君。新人だから仕事教えてあげて」と言った一瞬、目が合った。

怖そうな人だ、というのが第一印象。

よっつ年上の大学生で、耳や指や首にシンプルなシルバーアクセサリーを身につけている。一見不良っぽい雰囲気に甘い魅力を漂わせていて、誰とでも自然な素振りで接せられるから、女性客にも人気がある。

かと思えば不器用な面もあるらしく、『潮騒』で着るエプロンの紐《ひも》は、結ぶと必ず左右ちぐはぐだ。髪も頻繁《ひんぱん》に散髪する暇がないのか、艶々《つやつや》ストレートの前髪を邪魔そうに掻《か》きあげていて、そのアンバランスさがなぜか、かわいくも見えた。

最初こそ警戒したものの話してみると案外気さくで、休憩時間には大学での楽しい出来事や、ごはんのおいしい店を教えてくれる。彼のそんな優しさに触れると、僕も安心して懐《なつ》いた。

「本田さんは、何年ぐらい『潮騒』で働いてるんですか」

「ここはまだ二年目だよ」

「〝ここは〟？」

「俺、バイトみっつかけ持ちしてるから」

「み、みっつも？」

「貧乏学生だからね」

……のちのち平林さんに「本田君は高校生の頃からひとり暮らしなんだって」と教わって、脳天気に〝この人は苦労人で、自分なんかより大人なんだなあ〟と、憧れたのを憶《おぼ》えてる。

ごくごくふつうの家庭で育った僕の世界は、優しい父親と、お菓子づくりが好きな母親と、すこしの友だちでできていた。そこに加わった『潮騒』の仲間たちは、当時、自分と平林さんと本田さんを除いて三人いた。全員男だ。

本田さんと同い年で、開店当初からいるおっとり大人っぽい一ノ瀬《いちのせ》さん。

ふたりよりひとつ年下の大学生で、クールで摑《つか》みどころのない薫《かおる》さん。

僕と同い年の高校生で、思ったことをずばずば言う正直者の双葉《ふたば》君。

みんないい人だったけど、なかでもとくに本田さんの雰囲気や、お兄さんっぽい温度感にどうしたって惹《ひ》かれてしまって、シフトが同じだと嬉しかった。並んでレジうちしていると自然と浮かれた。僕の狭い世界は、簡単に本田さん中心になった。

一ヶ月経過して仕事にもすこし慣れてきた頃だ。

たまたま夜の休憩時間が一緒になって、他愛ない会話の流れで本田さんが言った。

「俺は両親が蒸発したあと、親戚のとこで世話になってたから――」

なんの話題からでたひとことだったかは忘れた。同情を誘うような口調でも、嫉妬《しっと》を含んだ当てつけがましい物言いでもなかった。当たりまえのように自然に、晴天の空は青いよ、人間の血は赤いよ、親は蒸発したよ、と肌に馴染《なじ》んだ感覚をひょいとこぼしたふうな声音だった。

そして僕は、自分にとってごくごくふつうだった家族のあり方が、決して〝ふつう〟ではないんだと思い知らされた。

「本田さん、えっと……あの、」

「ん？」

ひどく焦《あせ》って、笑わせてあげられる話題を探した。寂しがることも忘れてるような彼のまえで僕はとても無力で、自分が人を笑わせてあげられた話を、思い出そうと必死になった。

「そうだ！　僕、天体望遠鏡が欲しくてバイトを始めたんですよ。星が好きだから」

本田さんを癒《いや》したい一心だった。

でも僕の唐突な発言に彼はなにを思ったのか、目をまるめて僕をまじまじ眺めたあと、

「……星か。いいね」

と苦笑してくれた。どことなく照れくさそうな表情で、俯《うつむ》いて前髪を掻きあげて、くくっと喉で苦笑し続ける。初めて見る甘やかな微苦笑。

しばらく笑っていた本田さんは、もう一度僕を見返した。

「坂見の名前って〝優太郎〟って言うんだっけ。合ってるね」

「えっ、合ってますか……？」

「おまえみたいな弟がいたら、俺ももうちょっと違う生きかたしてたのかもな」

違う生きかた、と復唱して、僕も本田さんの目をまっすぐ見つめた。

星に夢中になっているときに感じる、ぴりぴりした衝動と熱い高揚感が、胸の隅にあった。

その後、彼の印象のなかに〝寂しそうな人〟が加わった。

思い返せば本田さんは、どの店員とも親しくしてるようでいて、深く付き合わない。

携帯番号を交換したり、プライベートで遊んだりしてるようすもなく、一定の距離を保って接している。店をでればひとり。家でもひとり。そんな彼を想像した。

帰宅時、外で彼を待ってる女の人がいて、それが毎回違う人だと知ると、まるでひとりになるのを怖《おそ》れて大勢のコイビトで身を守ろうとしてるみたいで、ますます寂しげに見えた。

休憩中にコイビトらしき人からの電話を受けては、迷惑そうに「もう切るよ」と繰り返しているし、来店したコイビトが〝店員と客〟としてじゃなく〝コイビト〟の態度でねっとり話しかけてくると、「仕事中なのでお帰りください」と冷やかに叱る。愛情あっての叱責《しっせき》とは違う。たとえ縁が切れてもかまやしないという本気の軽蔑で、思いやりも執着も、恋も感じない。

なにもかも無意識なら、彼自身、気づいてないのかもしれない。自分の孤独に。

だから平林さんが僕の歓迎会を企画してくれた夜、居酒屋でみんなが本田さんを、

「本田君が歓送迎会にきてくれるのって、初めてだねえ」

「坂見のこと気に入ってるよね〜、本田さん」

などと茶化すのを見て、こそばゆくなった。

本田さんの隣をちゃっかり確保した僕は、彼に、ホッケが好きだとか、厚焼き卵もおいしいだとか話しかけて、「そうだな」と相槌《あいづち》をもらって嬉しくて。

「僕、居酒屋にきたのって初めてです」

「本当に？　ふつう高校生なら、友だちと酒呑んでAV観たりするだろ」

「し、しませんよそんなこと！」

「優太郎は真面目《まじめ》だ」

本田さんの楽しそうな笑顔が、僕をほっこり安堵《あんど》させる。

本田さんの〝ふつう〟と、自分の〝ふつう〟の違いを知るたび、心臓がきりりと引きつる。

歓迎会が終わって店をでてからは、本田さんに「俺もそっちだから途中までいこう」と誘われて、ふたりで帰った。

僕は本田さんを楽しませてあげられる話を探して、夜道を歩く。

本田さんものんびり歩きつつ、夜空を仰《あお》いで、ふと呟《つぶや》く。

「アルクトゥルスとデネボラとスピカを繋ぐと、春の大三角になるんだっけ」

「えっ……ほ、本田さん、星にも詳しいんですかっ？」

また当たりまえのように自然に、肌に馴染んだ感覚のように言われて、びっくりした。

僕は最初、スピカしか憶えられなかったから。

「すごい……すごく、嬉しいですっ」

「嬉しい？」

「本田さんと星のことまで話せて、嬉しいんです！」

お腹の真んなかで、むくむく熱いものが膨らんでいく。重たくてくすぐったい、暴れたくなるような衝動だった。思い切り両手をひろげて、星空に、世界に、感謝したくなった。

星を好きだって言ってもいいんだ。この人のまえでは内緒にしなくてもいいんだ。

本田さんとなら、一緒に星に想いを馳《は》せて至福感をわかち合うこともできるんだ。

「優太郎、感動しすぎだよ」

「そりゃ感動しますよ！」

　本当に本当に嬉しかった。会えてよかった。本田さんに、もっとはやく会いたかった。そう訴えて興奮したら、本田さんは地面に視線をさげて、困ったように苦笑した。

「昔、天文部の女と付き合ってたことがあるだけだよ」

　……瞬間、ぱちんと感情が破裂した。本田さん自身が星に焦がれて得た知識じゃないのか、と思ったら、胸の底がすぅと冷えていった。

　横を歩く本田さんの、ジーンズから垂れたウォレットチェーンがきらきら鳴っている。その、きらきら、しゃらしゃら、という音を聞いて、春風の匂いを吸いこんで、自分が傷ついたのを理解して、ここにいるはずの本田さんを遠く、遠く感じた途端、星だ、と思った。

　本田さんは人間だけど星だ。手の届かない夜空の隅でひとり孤独に瞬《またた》く、僕にとっての星。だから、僕はこの人を好きになったんだ。

　同性を好きになるのは〝ふつう〟じゃないとわかっていながら、自覚した。

　僕の〝ふつう〟と、本田さんの〝ふつう〟は、こんなにも違うんだと痛感した。

　春の夜道に響く、しゃらしゃら、という音が、哀しいのに恋しい。恋しいから、哀しい。

「……今夜は、可惜夜《あたらよ》だ」

　泣けないかわりにくにゃと笑って言ったら、本田さんは「あたらよ？」と首を傾《かし》げた。

「うん。名残惜《なごり》しい夜のこと」

「ああ……確かに、今日の星はきれいだね」

頷《うなず》いた本田さんが、それから数歩歩いて曲がり角のまえで立ちどまり、

「じゃあな、優太郎。俺はあっちだから」

と、さよならを切りだす。

駅もバス停もない、外灯だけがぽつぽつ灯る裏路地へ、本田さんの背中が消えていく。

つい「そっちが家なんですか?」と問うて引きとめたら、ちらりと振りむいた彼は平淡《へいたん》な声でこたえた。

「女のね」

楽しそうでも、辛そうでもない。幸せそうでもない。

だんだんと闇に馴染んで遠のいていく背中を見て、僕はひどく寂しくなった。


あれから一年半。

星のことは、もう誰にも隠したりせずに自分の夢として話してる。

本田さんのことは、なにより大切にしたいと想い続けてる。

いま僕は、星と本田さんを好きでいる。

# 夜のサカナ

『潮騒』のバックルームには、ガラス窓がひとつある。

四角く切りとられた外の景色はすっかり冬模様で、鈍色《にびいろ》の空と細長い木の枝がもの悲しい。

風に揺らぐ葉を眺めてエプロンを身につけていると、

「よ、優太郎」

と本田さんが出勤してきた。

頭をさげて、僕もにこり挨拶する。

「こんにちは」

微笑《ほほえ》み返してくれた本田さんは、出入りぐちの傍《そば》にある自分のロッカーまえで鞄《かばん》をおろした。

ロッカー扉ふたつぶんの距離をおいて横に立つ。彼の赤く冷えた指先が気になる。

「優太郎もいまきたところ？」

「はい。外、寒かったですね」

「寒かったな～……」

頷いてエプロンに腕をとおした本田さんが、腰の紐を適当にリボン結びしながら目をうっすら細めて、イタズラっぽく微笑した。

「……優太郎、鼻の頭赤いよ。泣きはらした子どもみたい」

「えっ」

焦って左手で鼻先を撫《な》でていたら、彼はおかしそうに笑って店へいってしまった。

ロッカー扉の内側についてる鏡を覗《のぞ》きこんでみたけど、さほど赤くなんてない。嘘つき、と心のなかで憤慨しながらも、こういうしようもない嘘で僕をからかう彼に、しようもなく、揺さぶられる。今日も。

ふぅと息をついて支度を終え、僕もバックルームと繋がるカウンターへ入った。

店はあまりひろくもなく、バックルームから見てまっすぐのびたカウンターには、レジみっつ。真正面に店の出入りぐち。左手にＤＶＤとＣＤのレンタル棚がずらっと整列している。

お客も店員もいないな……と不思議に思って見まわしていると、すぐに声をかけられた。

「坂見君、きてたの？　おつかれ〜」

「あ、ハルちゃん、おつかれさま」

棚のあいだから近づいてきたのは、春野照明《はるのてるあき》さんことハルちゃん。

この一年半のうちに起きた大きな変化と言えば、ハルちゃんが店員として加わったことだ。

現在二十九歳で、ひきこもりの執筆業の傍《かたわ》ら、人と会って話す時間を保ちたくて働くことにしたとか。大人の男相手に〝ちゃん〟づけで呼ばせてもらってるのは『坂見君にはかわいく呼ばれたい』との本人希望によるもの。作家さんってやっぱりすこし変わり者なのかなと思う。

「ねえ、坂見君。……本田君、今日も格好いいね？」

カウンター越しに身を寄せて、にんまり耳うちされた。

「し、仕事してください」

「照れちゃって」

……そしてこのハルちゃんだけが、僕の密《ひそ》かな片想いを初めて見破った人だった。

「坂見君。顔の善し悪しも、文才や画才と同じ、才能のひとつなんだよ」

「才能……？」

「そう。才能には限界がある。どれだけがんばっても、才能のない人は才能のある人に勝てない。才能があっても、もっと優れた才能のある人には勝てない。僕もスポーツはてんで駄目だった。絵心もない。学生時代、体育と美術の成績はずっと悪かったよ」

「う、うん……」

大げさに、はあと溜息をついたハルちゃんが、ぱっちり笑顔に戻って続けた。

「欲しいと願えば手に入るものじゃなくて、生まれた瞬間から持ってるのが才能だとすると、容姿の美しさも才能と同じでしょ？　だからすてきだと思ったら褒《ほ》めてあげなくちゃ。ってことで、ほら、本田君のとこいっておいで」

ハルちゃんには語り癖がある。スイッチが入った途端ばらばら話し始める内容は、難しすぎて理解しづらいときもあったけど、常にアンテナをはってささいな事柄を深く追究しようとする旺盛《おうせい》さや、感性の鋭さには驚かされた。

が、こういうのは困る。

「大声で名前を言わないでよ、ハルちゃん」

「ほんだくん、ほんだくん、ほんだくん」

左耳を軽く引っ張って反撃してやった。

「いたい、いたいっ。……一年以上も片想いしてるなんて知ったら、いじりたくなるのが道理でしょうが。告白しなよ。男同士だっていいじゃない」

「そんなふうに思うのは、ハルちゃんぐらいだよ」

「自分だけ名前で呼ばれてるくせにー。昨日も呑みにいったら、坂見君の話ばかりしてたよ」

「呑み、って……」

ハルちゃんがきてから『潮騒』の雰囲気は変わった。

これまではみんなあくまでバイト仲間としての事務的な関係でいたのに、ハルちゃんがプライベートまで突っ込んで訊くせいで、いつしか全員の私生活や趣味や、食べものの好き嫌いや、いま欲しいものまで自然と知るようになった。

僕自身も、大人っぽすぎて萎縮《いしゅく》してた一ノ瀬さんや、気難しそうで近寄りがたかった薫さんや、攻撃的なぐらい素直《すなお》で圧倒されてた双葉君と、最近はよく話す。仕事の反省点とかだけじゃなく、昨日観たテレビの内容とかの、なんでもない話もだ。

同様に本田さんもだいぶやわらかく変化した。とくにハルちゃんとは携帯番号を交換して、仕事帰りにもちょくちょく遊びにいってる。

ハルちゃんは場の空気をあかるくして、他人のいい面を引きだせるムードメーカーなんだ。

「そうだ。坂見君も今度一緒に呑む？　僕が本田君を誘っといてあげるよ」

え、でも、と言い淀《よど》んだのと同時に、「ハル！」と怒鳴《どな》り声がぶつかってきた。薫さんだ。

ハルちゃんの背後からシャツの襟首を引っ摑んで、カウンターのなかに引きずりこむ。

「サボってないでちゃんと仕事しろよ」

「こわいなあ～……嫉妬してるの？　安心して、僕は薫が一番好きだよ」

「ふざけんな。一番ってことは二番がいるんだろ？　どうぞそいつと仲よくしてください、仕事が終わってからな」

「ごめん、薫だけが宇宙一好きです」

「ああ言えば、こう言うだな。作家センセーはくちが減らない」

薫さんの叱責が始まった。こうなると傍にいづらいので、僕は背後の棚にまとめてある返却されたＤＶＤを手に持って、そうっとカウンターをでた。

ふたりは〝喧嘩《けんか》するほど仲がいい〟の関係が確立していて、もはや店員のなかに焦ってとめたりする人は存在しない。

けんけん響く薫さんの怒鳴り声を聞きつつ、棚のあいだを移動していると、

「優太郎、俺にも半分ちょうだい」

と、本田さんに呼びとめられた。「あ、はいどうぞ」と渡したら、肩を竦《すく》めて苦笑する。

「あいつらのせいでカウンターに戻れなくなったよ。いまは客がいないからいいものの、痴話《ちわ》

喧嘩もほどほどにしてほしいね」

あはは、と僕も笑った。視線をずらして、本田さんのエプロンの肩紐が黒いシャツの襟を押し潰してるのに気づく。

「本田さん、ここ」

右手をのばして襟を首のうしろから立てなおしてあげたら「ああ、悪い」と短いお礼を言われた。いえいえ、触《さわ》れて嬉しいんです、といたたまれなさを持てあまして、彼の耳にかかっていた髪がパラと流れるのを見る。

きれいなストレートだからのばしっぱなしでも不潔そうじゃない。まるっとした頭に天使の輪ができて、かわいい。……髪質も才能なのかな、なんてハルちゃんの言葉を振り返る。

「いつも思うけど、優太郎は学校終わってからバイトだから大変だろ」

棚にむきなおった本田さんが、空ケースにＤＶＤを差し込んで戻していき、僕も同じように仕事しながらこたえた。

「本田さんのほうが、たくさんバイトしてて大変じゃないですか」

「高校生と大学生は違うよ。俺はいま大学のほうは結構、暇だし」

暇なら暇でコイビトと会うんでしょ、とからかおうとして……うまくできそうもないや、と断念する。返答すらできずにＤＶＤを二枚戻したところで、本田さんが会話を繋いでくれた。

「天体望遠鏡の金は貯まった？」

僕がしたい話を、本田さんはわかってる。僕がなにを好きか、なにが大事か、ちゃんと憶えておいて、さらっと話題にしてくれる。

こういう気配りができるからモテるんだろうな……。

「……はい。ちゃくちゃくと、貯まってますよ」

「ほんとか〜？　無駄づかいして、貯まってないんじゃないの？」

肘《ひじ》で、つんつんつつかれた。

「む、無駄づかいなんて、しないですよ。携帯電話の料金払うぐらいだし」

「え。友だちと遊んだり、服買ったり、えろ本買ったりしないの？」

「友だちとは学校以外であまり遊ばないから、服もたくさんは必要ないんです」

「相変わらず真面目でいい子だな、優太郎。えろ本は？」

「いい子とは違うでしょ」

「いい子だよ。で、えろ本は？」

肩で、どんと体あたりしてやる。

睨《にら》み返す自分の顔が真っ赤に染まっているのはわかってて、本田さんが顔をそむけて声を殺して「たのしい」とくっくくっく笑うのが、悔しい。悔しいのに、お腹のあたりがそわそわくすぐったい。

悪い人だ。優しくて気配り上手で、悪い人だ。

「俺は高校の頃なんて遊びほうけてたけどなあ。バイク買った友だちに誘われて、バイト終わってから朝方まで山道をぐるぐる走ったりしてたよ。家帰っても、つまらないし」

悪くてモテて、遊びを知ってて、苦労人で……やっぱり寂しそうな人。

「山って、ぐるぐるすると楽しいんですか？」

「ぐるぐるするから楽しいんだよ」

ふうん？　と首を傾げたら、本田さんが微苦笑した。仕事を続けながらさりげなく、僕の背中を軽くぽんと叩いて囁《ささや》く。

「星もきれいだったよ」

……叩かれたところから、じわじわ想いが膨らんでいった。

悔しい。悪くて優しくて、寂しい人。そう想いながら、好きになっていく。

ベッドの枕元を背にして座り、手鏡を覗いた。そうすると天窓のむこうにひろがる星空が見える。一粒二粒、ぽつぽつ微《かす》かにしかわからないけど、それでもきれい。僕の日課だ。

隣り合う星とも遠く離れて交われない孤独な光に魅入っていると、本田さんを想い出した。

いまどこにいるんだろう。ひとりか。……ふたりか。

あの大きな手が、コイビトを抱く姿を想像した。コイビトは顔のぼんやりした、女の人だ。店の外で見かけたロングヘアーの美人だったり、ショートボブのかわいい子だったりする。

本田さんの天使の輪が浮かぶ頭を胸に引き寄せて、裕仁、という名前を繰り返し呼ぶと、彼もコイビトのやわらかそうな身体にくちをつけて、時々吐息《といき》をこぼす。その唇から、僕が彼の電話中にうっかり聞いてしまったいくつかの名前が、かわるがわるこぼれる。

思わず自分のパジャマのなかを、じっと覗いた。ぺたんこの胸、がりがりの細い身体。余計なものもくっついてるし、本田さんが欲する女性らしい魅力はない。

枕に突っ伏して鏡を手から放したらベッドのしたに落ちて、かたと鳴った。……胸が痛い。ぺたんこの胸が痛い。

もし自分も女の子だったなら、たとえ恋愛感情はなくとも、ひとときでも、コイビトにしてもらえただろうか。キスをしたり、抱き合ったりできただろうか。……不毛な思考にとらわれて、一瞬あとには緩《ゆる》く頭を振った。身体に触りたい欲は、我慢する。我慢、がまん。がまん……と、心のなかで唱えているうちに眠くなってきて、胸の痛みを意識しながらうとする。と、枕のしたにしまっていた携帯電話がぴりぴり鳴りだして、びくっと飛び起きた。目をこすって、誰かな、と確認したらハルちゃんだ。時刻は十一時半。こんな夜中に、なんだろ。

「はい」

応答すると、ハルちゃんのあかるい声が響いた。

『坂見君、こんばんは〜。なんだか眠たそうな声だけど、まさか寝てた?』

「うん、すこしだけ。でも平気だよ、どうしたの？」

『わ～、坂見君は眠る時間までかわいいねえ……夜はこれからなのに』

「うるさい」

からから笑ったハルちゃんが、僕の抗議もおかまいなしで続ける。

『あのね、本田君を誘って一緒に呑もうって、さっき言ってたでしょ？』

「あ、うん」

『いま本田君にオッケーもらったから、今週末の夜はどう？』

「えっ。ハルちゃん、本気だったの？」

『本気だよ。いやなの？』

違う。唐突で、気持ちが追っつかないだけだ。

本田さんと一緒に食事するのは、去年の歓迎会以来だった。バイト中だと仕事の緊張感がつきまとうし、休憩時間も短いから、解放感とともにゆったり過ごせるのは嬉しい。

「ありがとう、楽しみだなあ……。じゃ、親に話しておくね」

バイト以外の理由で帰りが遅くなるときは、家族に伝えておくのが常だった。しごくまっとうなことを言ったつもりだったのに、ハルちゃんは笑いだす。

『あはははっ。坂見君、呑みにいくだけでお母さんに相談なんて、ほんとかわいい』

「相談っていうか、ちゃんと言っておかなくちゃだめでしょ。夜遅く帰ってからお風呂入ったりしたら、うるさいし。父さんは仕事で疲れて帰ってきて寝てるんだからさ」

『いまどき珍しい、いい子だよね。ああかわいい〜』

ムゥ、と文句をぶつけようとした瞬間、

『──優太郎?』

僕は跳ねあがった。こ、この声!

「う、こ、こんばんは。本田さん、ですか、」

『そうだよ』

ハルちゃんの奴、本田さんにかわったな……っ。

低く艶っぽい本田さんの声の余韻《よいん》に、心臓が弾んで、ちぢむ。

今日もふたりで食事してるのかな。ともかく「おつかれさまです」と挨拶したら、本田さんも『おつかれ』とちいさく笑ってこたえてくれた。

『なに?　優太郎は親に許可とらないといけないの?』

「い、いや……報告しておかないと、心配かけるのもいやなので」

本田さんのうしろでハルちゃんが笑い続けてて、年齢とは違う部分で子ども扱いされてる羞恥心《しゅうちしん》に苛《さいな》まれる。間違ってない自覚はあるのに、からかわれる理由もわかるからやるせない。

すると、

『ハル、笑いすぎだろ』

と本田さんがたしなめて、庇《かば》ってくれた。静かな口調で重ねる。

『心配してくれる親がいるっていいな。話してみなよ。優太郎と呑みにいったことないし、俺も楽しみにしてるから』

……携帯電話越しに、いつもの甘やかな微笑を浮かべてる本田さんが見えた。

がまん、と思うのに、こんな優しさで包まれてしまったら、形振《なりふ》り構わず飛んでいって、しがみつきたくなる。親がいるっていい、だなんてこの人に言われたら、余計に。

「ちゃんといきます。僕も本田さんと、ごはんしたいから」

『ン。じゃ、おやすみ』

おやすみなさい、と一文字ずつ噛み締めるようにこたえて電話を切った。

ふわふわした気分のまま部屋をでて、居間でテレビを観ていた両親に外出の許可をもらい、再び携帯電話を手にする。文句言うのはもういいや、とハルちゃんにメールした。

『週末、平気になりました。よろしくお願いします』

そうして、ふわふわ、にやにやして眠りについた。


約束の土曜日は、休日なので午後からバイトだった。

出勤してバックルームへむかいながら、レジで接客していたハルちゃんと本田さんに「おつかれさまです」と挨拶すると、ふたりも軽く会釈《えしゃく》して「おつかれ」と微笑み返してくれた。

言葉にしない〝今夜楽しみだね〟という思いが、ふたりの柔和《にゅうわ》な笑みのなかに見て取れる。食事の約束をしただけで、三人で秘密を共有したような不思議な感覚で繋がったのを感じて、そわそわ浮かれた。

足取り軽くしゃきしゃき働いていたせいか、時間の流れもはやかった。休憩時間、本田さんに「はしゃいでるな」と横目でにやりと指摘されて、「言わないでください」とじゃれ合うのも楽しくて。

……ところが日が暮れて夜八時になり、帰り支度をすませて「じゃあいきますか」と三人で店をでたら、事件が起きた。外のガードレールのまえに、怒りの形相《ぎょうそう》で立つロングヘアーの女性がいたからだ。

目が合って、あの人は……、と思ったら、

「あ、ごめん。先いっててくれる」

と、本田さんが彼女のところへ歩み寄った。

不穏《ふおん》な空気を察知して彼の背中を見送っていると、ハルちゃんに肩をぽんと叩かれて「おいで」と促《うなが》された。離れた場所へ移動して、目をこらす。話し声は聞こえないものの、そのうち彼女が右手を振りあげて、本田さんの頬を思いっきり引っぱたいた。

「本田さんっ」と、思わず叫んでいた。

彼の両肩が僅《わず》かに竦んだ拍子に、僕の心臓も萎《しぼ》む。

薄暗い路上で、女の人の長い髪がひどくゆっくりと流れていき、ハルちゃんは「漫画みたいだねえ……」なんて感心して、唇に笑みを浮かべた。笑いごとじゃ、ないよ。

女の人が身を翻《ひるがえ》して去っていくと、本田さんも苦々しい表情で戻ってきた。

「本田さん、大丈夫ですかっ」

駆け寄って真っ赤な左頬を覗きこむけど、彼は「平気、平気」と顔をそむけて、駅のほうへすすんでいってしまう。騒がれたくないんだ、とたじろいで閉口《へいこう》した僕をよそに、ハルちゃんは平然と話題をすりかえた。

「じゃ、どこで食事しよっか」

「このあいだいった居酒屋でいいんじゃない。安くてうまかったし」

「そうだね。坂見君にも食べさせてあげたいねー」

……弾んでいた気持ちが急に沈んでしまった。漫画みたいだ、とハルちゃんは言ったけど、頬をぶつ人って現実にいるんだな。

なんでぶたれたんだろう。怒らせるようなひどいことをしたのか、単なる痴話喧嘩か。あの人と本田さんは、どれほど深いコイビト同士なのか。

夜に霞む彼の背中に問いかけて、焦《じ》れる思いでついていくうちに、居酒屋が見えてきた。

テーブルへ案内されてすぐ、飲みものの注文を訊かれた。

本田さんの右隣に腰掛けた僕がメニューを取ると、大人ふたりはおしぼりで手を拭きつつ、慣れたようすで「最初は生だね」とビールを頼む。

「坂見君も、今夜は年齢を忘れて呑んでみる？」

ハルちゃんににっこりされて、本田さんにも、

「優太郎は呑めるの？」

とにまにまからかわれた。「呑めません。呑みませんっ」と焦ってウーロン茶をお願いしたら、店員の女の人にまで「うふふ。生ビールふたつと、ウーロン茶ひとつでよろしいですね」なんて笑顔で確認されて、恥ずかしくなった。

ひどいな、と溜息をこぼした目のまえで、彼女があまったおしぼりをさげようとするのを見て、はっとする。

「すみません。そのおしぼり、貸していただけますか」

一瞬キョトンとされたけど「はい、どうぞ」と微笑んでくれた。おしぼりはあったかい。

振りむいて、本田さんの赤い頬を見る。

「本田さん。これ冷やしてくるから、ほっぺたにあててください」

「え」

「すぐ戻ります」

「優太郎っ」

断られるまえにトイレへ直行した。余計なお世話でも、やっぱり放っておけなかった。どんな理由であれ暴力はいけないことだし、本田さんが傷つくのは単純にいやだ。肉体的な暴力も、精神的な暴力も、双方に否があるんならお互いに認めて、きちんと和解するべきだ。

……部外者だからこんなふうに思えるんだとしても、僕は本田さんの味方でいたい気持ちをとめられない。

本田さんを叩いた細い手と、ばちんと響いた音を回想して、お腹の蟠《わだかま》りごと流すようにおしぼりをゆすぐ。申しぶんなく冷えた数分後、かたく絞って席へ戻った。

ふたりはすでにビールを呑んで、おとおしの酢のものを食べてる。

「坂見君、先に食べてるよ。料理も適当に頼んでおいたからね」

「うん、ありがとう」

席について「本田さん、これ」とおしぼりを差しだしたら、彼は苦笑して、でも嫌そうな顔はせずに受け取ってくれた。

「悪いな、気つかわせて」

頬にあててぎこちなくはにかむ表情は、いつもどおりの晴れやかさ。……よかった。

「ね、本田君。彼女、噂《うわさ》のミサキちゃんでしょ?」

ハルちゃんが、にんやりと悪い顔になった。ミサキちゃん……?

「そうだよ」

　頷いた本田さんも、箸《はし》でキュウリを刺して、不愉快そうに吐き捨てる。

「あいつ鬱陶《うっとう》しいんだよ、彼女でもないのに」

「今度はなに？」

「べつの女と寝たのがバレたっぽいね」

「お〜……それでわざわざバイト先まで殴りにきちゃうのか。愛されてるねえ」

「よせよ。こっちはセフレに束縛される意味がわからない」

　……じり、と感情が波うった。

　ハルちゃんは〝セフレ〟と言われた彼女のことを、知っているようだった。僕に視線をむけて、さりげなく説明してくれる。

「本田君ね、あのミサキって子と一度寝てからしつこくつきまとわれてるんだって。同じ大学の子らしいんだけど、学校で本田君の彼女だって宣言してまわったり、携帯電話の登録を勝手に抹消《まっしょう》したり、家のまえで何時間も待ち伏せしたりして」

「そ、れって、下手したらストーカーじゃないですか」

「まあ、本田君の自業自得だよね」

　ハルちゃんが苦笑しても、本田さんはしれっとビールを呑んでいた。

〝彼女〟も〝セフレ〟も、自分にとって未経験のことばかりで、意見できないままひたすら複雑な気持ちになる。本田さんの付き合いのいい加減さが怖いような、女の人の執念じみた想いも恐ろしいような。ふたりとも寂しげで、途方に暮れるような。

「その……本田さんが寝た、もうひとりの女の人は、本田さんの本命なんですか」

「俺に恋愛欲はないよ」

「恋愛欲……？」

問い返したタイミングで、料理が運ばれてきた。店員さんがはきはきと注文を確認しながらテーブルに料理をおいていく。きれいに並ぶと改めて乾杯して、僕も食事を始めた。

周囲は大笑いする酔っ払いや、店員さんの「よろこんでー」という声で、ざわめいている。この雰囲気のせいか、本田さんも「つまりさ」と会話の続きを拾うなり、いささか乱暴に語りだした。

「人間には三大欲求があるだろ？　本能のまま性欲満たすのを、俺は罪だと思わないんだよ。〝恋愛欲〟なんてはなっから持ち合わせてないんだから、できなくたっていいと思うわけ」

「え……本田さんは、一度も誰かを好きになったことがないんですか？」

「うさんくさくないか？　恋だの愛だのって」

僕が当惑してる間に、ハルちゃんが上機嫌でのっかっていく。

「本田君のそういう潔《いさぎよ》いところ好きだなあ。確かに性欲と違って、恋愛感情は永遠に知らずに死んでいく人間だっているだろうね。それを幸と喜ぶも不幸と嘆くも、本人次第だ」

「ン。ミサキみたいな奴は、ほんとうんざりする。最初から遊びってことでお互い同意してただろって訴えても〝わたしが可哀想じゃないのか〟って引かないんだよ。あんな自己中ではた迷惑な感情が意地じゃなくて恋愛だって言うんなら、俺は一生したくないね」

一生したくないね。そのひとことは、ざわめく店内の片隅で、いやに明晰《めいせき》にくっきりと聞こえた。心のなかで復唱してみると、僕はこの言葉こそ一生、忘れないような気がした。

他人の肌の体温にすら揺さぶられない心は、どこかしら欠けてる。

欠けた心を抱えたまま、平然と生きてる彼だから、孤独に見えるんだろう。寂しそうに感じられるんだろう。……ざわざわした店内で粛々《しゅくしゅく》と厚焼き卵をつついて、そう思う。

視界の端っこにある本田さんの手を乱暴に握り締めたいぐらいとても哀しいのに、それが自分のものか、彼を想ってのものなのか、わからない。

「で、ミサキちゃんはどうするの?」と、ハルちゃんが含みのある微苦笑で問うた。

「放っておくよ」

短い返答を吐いたくちに本田さんがお刺身を詰め込んで咀嚼《そしゃく》して飲み込んだら、〝うさんくさい恋だの愛だの〟の話は、さっぱり終わってしまった。

彼が「優太郎、ここの料理うまいだろ」と不自然なぐらい次々にすすめてくれて、ひとつ残らず食べるのに躍起《やっき》になっているうちに、僕も蒸し返せなくなる。それで、この人は僕を自分のセフレ事情に巻き込みたくないんだ、というのも感じ取った。

「本田君はうまいものをちゃんと知ってるよね」

「あはは。まずいものばっかり食べてたからかな?」

ハルちゃんには、なんでも話す本田さん。僕もハルちゃんと同じ歳の大人なら、ビールを呑み交わしながら相談ごとをうちあけてもらえたのかな。

「ところでさ、坂見君って星が好きなんだよね?」

二杯目のビールがきて、ハルちゃんが僕に話をふってくれた。僕が「うん」と頷くと「将来の夢も、星に関する仕事なの?」と重ねる。

「うん。大学で星の研究をするか、プラネタリウムとかの星に関する場所で働くか、どっちかがいいなと思ってるよ」

「坂見君みたいな、かわいい天文学者っていいね。プラネタリウムも、きっと客が増えるよ」

ビールをくいと呑んだハルちゃんは、本田さんにも質問をむける。

「キミは? 来年は就職活動だよね」

「夢のために就職して、社会勉強するよ」

「夢?」

「俺、高校の教師になりたいから」

意外な即答に、僕は箸をとめて本田さんを見返した。悠然と微笑む彼は、ビールのグラスを唇から離す。ハルちゃんも「おお」と目をまるくした。

「教師かあー……すてきだけど、なんで教師になるまえに就職するの？」

「学校の教師って、ほとんどが社会にでてないでしょ？　大学卒業まで学校で勉強して、教師になってまた学校に戻っただけで、結局は〝学校〟の外の世界を知らない。俺、自分が学生の頃、そういう教師に大人面されるのが、心底嫌だったんだよね」

「〝おまえも大人の世界を知らないだろ〟って？」

「そうそう。ずっと〝学校〟って枠のなかでぬくぬくしてたガキだろって」

妙に現実的に恋愛を嫌悪したかと思えば、夢なんて希望に満ちたことまで、変に現実くさい目で見据えている。そんな彼の感覚に、ハルちゃんも違和感を抱いたようだった。

「なんだろう。本田君自身が、いい先生を知ってるようなくちぶりだね」

「鋭い。実は自分の担任の影響なの。会社員の苦労知ってて、ほかの教師より視野がひろかった。かと思えば山が好きだからって、勝手にワンダーホーゲル部なんてつくって生徒を山登りに連れていったりしてさ。……夏休みに、海外登山へいって亡くなったんだけどね。いまだに尊敬してるんだよ。あの人みたいに、人にものを教えるに足る人間になりたいな」

に、と唇を引いて微笑んだ横顔には、一瞬だけ高校生に戻ったようなあどけなさがあった。

グラスを持つ大きな掌《てのひら》の中指で、彼がいつもしてる波模様のシルバーリングが光る。そこについた僅かな傷を眺めながら、この人の人生観を変えた人がいるんだ、と感じ入った。

恋愛に対しては不信感のかたまりみたいな彼に〝人にものを教えるに足る人間になりたい〟

と言わしめる教師は、どんなにすてきな人だったんだろう。

そしてそんなかけがえのない恩師が亡くなったときにも、このリングはこの指のつけ根にいて、彼の哀傷《あいしょう》や涙を受けとめたのだとしたら、なんだか羨《うらや》ましい。僕もこの人の人生に、すこしでも近く寄り添いたい。

……お酒を呑んでいないのに、雰囲気に酔ったのか、しようもない思考が湧く。

ハルちゃんが「いい先生だねえ」とか「どんなことを教わったの」とか会話を繋いでいる端で、僕はお腹のなかのもやもやした感情をだした。

「……そういうところが、モテるんだと思う」

ちいさく言ったつもりだったのに、ふたりの会話がとまって視線が僕にそそがれてしまった。

あ、まずい、と予感したのも手遅れ。

「なに。優太郎も俺のこと好きになってくれたの?」

本田さんが左横から顔を寄せてくる。ふわっと香ったお酒の匂いが、厭《いと》わしい。

「……好き、ですよ」

「ほんと?」

「好き、です」

嘘はつかないし、逃げもしない。

ただ僕の〝好き〟は、彼の耳におもちゃみたいな〝すき〟にしか響かないことを知ってる。

案の定「嬉しいなあ」と笑った本田さんは、僕の腰を引き寄せると、

「俺も優太郎のこと気に入ってるよ～」

とこめかみに唇をくっつけて弄《もてあそ》び、おもちゃにした。

「優太郎が弟だったらなあー……」

ハルちゃんが「弟なの？」といやらしい顔で突っ込んで、本田さんは僕のこめかみにじゃれながらこたえた。

「妹だったら放っておけなくなるからね。そうとう過保護になるだろうし、嫁にだすときには大泣きする自信あるよ。弟ならかわいい子分って感じで、ちょうどいいでしょ」

「へえ～……――って、兄弟の話がしたかったわけじゃないんだけどな」

本田さんの額が頭にひっついて、ごりごり鳴る。

妹と弟。女と男。彼のなかでの性別の線引きを直視して、脳まで響くごりごりを聴く。こんなふうに抱き締められるのも奇跡なんだと思うと、胸が冷たくなる。

ぬいぐるみになった気分で本田さんに身を委《ゆだ》ねていたら、いきなり顎《あご》をあげられてお酒の匂いが濃くなった。

唇が、近づいてくる。

びっくりして咄嗟《とっさ》にくちをガードした。手の甲に、本田さんの唇がぷちとぶつかる。

「――……おい」

「……はい」

目が据《す》わってて、こわい。

「キスぐらい拒絶するなよ」

そこまでおもちゃになりたくないんです。

「ファーストキスを大事にしてるのか？」

貴方としたいですよ。その、ファーストなキスを。お酒の匂いさえなければ。

「ほんと真面目だな。ああ、すっごいショックだ。優太郎に拒否られた」

すみません。……とも言いたくないので、とにかくくちを噤《つぐ》む。

額を合わせてじとっと睨み合っていると、げらげら笑っていたハルちゃんが「あ、電話」と震える携帯電話を取りだして画面を確認した。

「愛しの薫からだ。仕事でなんかミスしてきたっけな。ちょっと失礼するね」

ご機嫌そうに席を立って、僕とすれ違いざまさりげなく肩を叩いていく。

本田さんも座りなおして再びグラスを手にした。「ショックだ」と、また呟いて笑った。

「……本田さん」

「ん？」

腰とこめかみと手の甲が、抉《えぐ》れるように痛んだ。本田さんの体温は凶器だ。ざわざわ騒がしい雑音のなかにじっとして、彼がくれた傷跡がざわざわ疼《うず》くのに耐えた。耐えながら言った。

「本田さんが〝恋愛欲〟を持てないのは……ご両親のことが、あったからですか」

目を細めて睨まれた。そして、ふっと微苦笑した彼は、僕の額に指をのばしてぴんと弾き、ゆっくりグラスに唇をつける。

返答はなかった。


週があけてまたバイトへいくと、ハルちゃんがバックルームで休憩していた。

「坂見君、おつかれ」

「おつかれさま。あ、ハルちゃん、土曜日はありがとうね」

中央のテーブル席に腰掛けているハルちゃんは、手持ちぶさたに紅茶のペットボトルを弄んで、にっかり笑う。

「どういたしまして。僕もふたりの仲が進展して嬉しかったよ。本田君が坂見君を気に入ってるのは、事実だったでしょう?」

うーん……、と曖昧《あいまい》な苦笑を返しつつ、僕はロッカーのなかのエプロンを取って制服のうえから身につけた。

鋭い洞察力を持っているハルちゃんは、僕の曖昧さを見逃さない。

「ふふ。やっぱり弟って言われたのはショックだったか」

ることなんて僕はとうの昔に知ってるし、我慢できる程度には、傷の深さも無視できる。

「わかるわかる。ラブストーリーの王道だね。〝どうせ僕は弟だから〟っていうの」

ハルちゃんの脳内は非現実と現実に隔てがないらしい。本田さんに〝弟なら〟と思われて

それより、と話題を変えた。

「それより僕は、ストーカーのミサキさんのほうが気になるよ。ほうっておいて、大事件にならなければいいけど……」

「ああ……でもしかたないよねえ。女の子の気持ちを無下《むげ》にした代償は払わないと」

「当然の酬《むく》いだとしても、限度はあるでしょ。刺されたりしたら堪《たま》らないよ」

「刺される以上に痛かったのかもしれないよ……？」

エプロン紐を結ぶ手をとめて振りむいたら、ハルちゃんは唇の右端をあげて、にま、と笑んでいた。僕は視線を床にさげて、窓の外からひゅるると響いてくる冬風を聴いて、本田さんの殴られて赤くなった頰を想い出して、いま一度ハルちゃんを見返す。

「僕は、人を好きになって無傷でいたがるほうが、おかしいと思う」

「なるべく傷つかないで、幸せになりたいものじゃないの？」

「相手より自分の幸せが大事なら、ひとりでいたほうがいいんじゃないかな。虚《むな》しくても、無傷でいられるから」

星を、僕は幼い頃そうやって愛《め》でていた。星の存在も、好きな気持ちも、二度と否定されたくなかったからだ。そのあいだ確かに無傷でいられた。星も貶《けな》されなかった。ひとりの世界で自分と星だけの虚しい幸福に浸っていられた。

「ふうん……なら坂見君が本田君への気持ちを隠してるのも、無傷でいたいからなんだ？」

「違う。僕はエゴを押しつけたくないいんだよ」

つよがり、といやらしい声でからかわれた。震えた下唇を、こっそり嚙み締める。

「本田君のあの調子なら、喜ぶと思うけどなあ」

喜ぶ、と言われて、本田さんに〝気に入ってるよ〟と抱き締められたことが脳裏《のうり》を掠《かす》めた。

「あれは優越感だよ。本田さんは男が好きなわけでも、恋に夢見てるわけでもないんだから。〝知っておいてほしかっただけ〟って告白も、自己満足っぽくて嫌いだからしたくない」

僕は本田さんに会ってやっと、星を好きなことは恥じ入る事柄じゃないんだと我に返った。父さんにすら『また星かあ。ごめんな、父さんそんなに詳しいわけじゃないんだよ』と苦笑いされて、星に対してすっかり内向的になってたのに、憧れてた本田さんに好きって言ってもらって、救われたんだ。この関係を壊したくない。

「自分が本田君の〝初恋〟になって、恋愛の幸せを教えてあげようとは思わないの？」

「女の子がそう考えるんなら、まっとうだと思う」

「なにを〝まっとう〟だと思うかは人それぞれだし、その感覚すら日々変わっていくのに？」

ハルちゃんがペットボトルのラベルをべりべり剝がしながら、探るような目をする。

僕はぷいとロッカーにむきなおって、エプロンの紐をきつく結んだ。

「ハルちゃんは、自信家だね」

「そっか、坂見君のコンプレックスは性別なのか。まあそうだよねえ、あれだけ女の子をとっかえひっかえしてるところを見せつけられればねー」

ばたん、とロッカーを閉める。僕がハルちゃんに近づいて横に立つと、ハルちゃんはよりいっそう愉快そうな微笑を浮かべて見あげてきた。

なんだよ。人との接触を断ちたくないから『潮騒』へきたと言うわりに、平然と他人を突き放すような物言いをして。単に人間観察を楽しんでるだけなんじゃ、と疑いたくなるよ。

「ハルちゃんにまえから訊こうと思ってたんだけど、」

「なーに？」

「いったいどんな小説を書いてるの？」

楽しげで悪そうな微笑が、子どものような無邪気な笑顔に一変した。……で、

「人と人との出会いの物語だよ」

しれっとごまかされた。狡賢《ずるがしこ》いな。

そもそも主人公がなにかに対峙《たいじ》しなくちゃ、物語なんてできないじゃないか。

その後、棚の整理をしながらハルちゃんの言葉を反芻《はんすう》していた。

『自分が本田君の〝初恋〟になって、恋愛の幸せを教えてあげようとは思わないの？』

『そっか、坂見君のコンプレックスは性別なのか』

……僕の恋心が本田さんを幸せにするなんてことが、あるのかな。奇跡より奇跡みたいな、そんなことが。

「すみません、店員さん」

ふいに声をかけられて、はっとした。振りむいたら横で紺色のコートと茶色のマフラーを身につけた、長身の男の人が微笑んでいる。

緩いカーブを描く髪を掻きあげて、僕の手元をちょいと指さし、

「そのＤＶＤ、おもしろいですか？」

と、ふんわり首を傾げた。僕が持っていたのは『オペラ座の怪人』。……ど、どうしよう。観たことない。

「……すみません。僕、これは、観てないです」

「あら」

「あっ、でも、観た人はみんな感動的な作品だったって言うし、僕も興味があるんです。舞台も有名ですし、素敵な恋愛物語だと思います」

慌ててすすめたら、彼は面食らったように目を見開いた。

「変わった店員さんだね。いい作品ですよ、って嘘でも言っておけばいいのに」

「嘘、ですか?」

「うまく立ちまわらなくちゃ、商売にならないよ」

商売……。

確かに、お客さんにこんな指摘を受けてる時点で店員失格だけど、すんなり同意できない。

「その……いたらなくて、本当にすみません。今後はちゃんといろんな作品を観て、おすすめできるように勉強しておきます」

変に頑固で不器用な性格を自覚した。周囲に耳をかさず、自分が正しいと信じるものだけを貫くのが、必ずしも正しいわけじゃないってわかってるのに、実行する柔軟《じゅうなん》さに欠けている。

「接客も、もっと、勉強します」

頭をさげて誠心誠意謝罪しつつ、店長の平林さんにも心のなかから、すみませんと届けた。

もしここに本田さんがいたら〝優太郎。嘘をつかなくったって、お客を納得させる方法はあるんだよ〟と諭《さと》してくれたに違いない。きっと〝ばかだな〟と、笑ってもくれた。現に彼は、素直で自然な接客で、親しい常連客をたくさんつくっているから。

反省して頭を垂れ、お客さんの靴をまっすぐ見据えながら思った。こんな自分じゃだめだ。

だめだ。なにが〝本田さんを幸せにすることができるかな〟だ。

「そうか……」

するとお客さんの呟きと、苦笑が漏れてきた。恐る恐る顔をあげてみたら、くち元に右手をあてて笑っている。

「キミに訊いてよかったな。——坂見君、というの？」

やわらかい視線が、僕のエプロンにあるバッジを掠めた。

「は……はい」

「じゃあ、このＤＶＤを借りて観てみます。おもしろかったら、坂見君に報告するね」

「ほ、本当ですかっ？」

湧きあがってきた喜びを振り絞って、勢いよく頭をさげる。

「嬉しいです、ありがとうございますっ」

「いえいえ」

しっとり沁《し》み入るような安堵をくれる笑顔だった。

それから僕は「ほかにもご希望のＤＶＤはありますか？」と訊ねて、彼が「いや、今日はそれだけにするよ」とこたえてくれたので、カウンターまで案内した。

カードを受け取って〝浅木孝太郎《あさきこうたろう》〟という名前を確認すると同時に、彼の左手の薬指にある波模様のシルバーリングに気づく。……本田さんがしてるのと、似たデザインの。

「坂見君、どうしたの？」

「あっ。その、僕は優太郎って名前なので〝太郎〟のところ、親近感が湧いちゃいました」

「ああ」

赤くなっていそいそDVDを袋にしまい、会計してカードと一緒に手渡した。浅木さんは大人っぽく微笑んで、受け取る。

「ありがとう。太郎同士、これからも仲よくしてね、優太郎君」

「はい、こちらこそ、よろしくお願いいたします」

彼が出入りぐちへむかっていく背中を見送った。自動ドアが閉まる寸前で、もう一度「ありがとうございました」と伝えたら、振りむいて手を振ってくれた。

浅木さん、と復唱して記憶に刻む。名前を呼び合えるお客さんが、初めてできた。

本田さんに近づけたようで、嬉しかった。


九時に仕事を終えてバックルームで帰り支度をしていると、本田さんがやってきた。

携帯電話を耳にあてて、大股《おおまた》でロッカーに近づいたと思ったら、

「ふざけるなよ。おまえ本当にむかつくな」

と、ひどく冷淡に言い放った。ロッカー扉を開いて、持っていた鞄を投げこむ。

ガコンッ、という大きな音に僕が飛びあがると、隅でパソコンにむかっていた平林さんは、こりゃやばい……みたいな面持ちで、そそくさ店のほうへ逃げてしまった。

狭い室内に、僕と本田さんふたりだけになる。

携帯電話から響く女性の怒鳴り声に対して、彼が終始無言でいるのがかえって怖い。

冷え切った横顔と、身体の表面から発せられる尖《とが》った威圧感で、猛烈に怒ってることがわかって、一ミリ動くだけでも裂かれそうだった。

「……だから、俺はおまえと付き合う気はないって何度も言ってるだろ。おまえにつきまとわれてこっちがどれだけ迷惑してると思うよ」

僕は緊張の反動かなにかで頭のてっぺんのあたりが妙に冷静で、本田さん今日は眼鏡《めがね》をしてる、なんて考えた。考えた途端、彼がその眼鏡をむしり取ってロッカーに投げおいた。

唇が、また開く。

「おまえ、人に嫌われるような言動してる自覚ないんだな」

本田さんは決して声を張りあげない。本気で怒っているときは、穏やかに心を沸騰させる人なのか、と戦慄《せんりつ》する。

電話の相手は十中八九ミサキさんだ。確信した瞬間、本田さんが通話を切って携帯電話をロッカーに叩き入れた。ガコ！　と響いた大きな音に、肩をそびやかして反応したら睨まれた。背筋に悪寒が走る。目が合ってしまえば、無視できない。

かける声は、あかるいほうがいいのか、暗いほうがいいのか。

彼が欲しているのは彼女を責めるような言葉なのか、自分への慰めの言葉なのか。

いま本田さんがどんな心情でいるのか脳みそをフル回転させて思案しながら、彼を想った。

「……本田さん、こんばんは。大丈夫ですか」

目を眇《すが》めるだけで、返答はない。

「まだミサキさんとのこと、解決してないんですね」

「ないな」

ぞんざいで短いひとこと。

「その……ハルちゃんとも話してたんですけど、はやめに、なんとかしたほうがいいと思います。ミサキさんはストーカー気質っていうか、ちょっと無茶なことする人みたいなので、深刻な事態に、なりかねないし、」

「はっ。バイト先でも噂話のネタにされてんのか」

吐き捨てたあとに自嘲気味な笑い声が続く。

「ネタって……心配してるんですよ」

「俺がなにもかも悪いって、笑ってばかにしてたんだろ。わかってるよ」

「そんなっ……」

エプロンを摑み取ってさっさと着がえ始める本田さんの態度に、ふつふつと苛立ちが迫《せ》りあがってきた。仲よく食事した相手に対して〝笑ってばかにしてたんだろ〟って、なんだ。

そりゃ他人を信頼するのは難しいけど、楽しく過ごした時間まで、容易《たやす》く無下にしないでほしい。他人は簡単に裏切るんだ、なんて思わないでよ。せめて貴方だけは、思わないでよ。

「笑えるもんかっ。本田さんのために自分になにができるか、必死で考えてるのに！」

気づいたら彼の腕を引っ張って、憤懣《ふんまん》をぶつけていた。けどあっさり意趣返《いしゅがえ》しをくらう。

「偽善者ぶってんなよ、気持ち悪い」

「偽善じゃない、本気です！」

「そういう正義の味方みたいなの、求めてないし信じてもいないから」

目をそらして手をはたき落とされ、苛立ちが募《つの》った。今度は胸ぐらと頰を摑んで、強引にこっちをむかせてやる。

「信じなくてもいいけど、でも僕はっ、」

せつな、腕を摑み返してロッカーにダンッと叩きつけられた。

「だったらなにしてくれるんだよ。女のかわりに、身体で慰めてくれるのか？」

えっ……、と震えた下唇を一瞬、乱暴にきつく嚙まれる。あまりの痛さに強張って、彼の腕を摑んだ。

悲鳴をあげそこねてひらいたくちの奥に、彼の舌先が入りこんでくる。生あたたかい感触と唾液の味に、眩暈《めまい》がする。……なんだろう。なにしてるんだろう。これ、なに。

うっ、だか、ふっ、だか、よくわからない呻《うめ》き声が洩《も》れた。頭を押さえつけられて舌をぐいぐい吸われて、こめかみのあたりが痺《しび》れて、胸がひどく痛んで、意識が遠のいていく。

わからない。

周囲の音も、時間も。

本田さんの呼吸も、心も。自分自身さえも。

なにも。


……先に立ち去ったのは本田さんだった。

放置されてしばらく呆然《ぼうぜん》と佇んだのち、僕はのろのろ家へ帰った。

心を無にして二階の自室へいって鞄をおいて、お風呂に入って着がえて髪を乾かして、アラームをセットしたあと布団にもぐった。外側からくる刺激の一切を遮断して眠ってしまおうと試みる。ところが静寂に包まれると、唇に残る痺れと本田さんへの想いがより鮮明になった。

自分が言った言葉に後悔はない。いいんだ、僕は正しかった。何度も言い聞かせるのに、心はしくしく痛む。本田さんの鋭い目が脳裏にはりついて、もう二度と笑顔を見られないかもしれないという不安にまで襲われた。

あと数分で日付が変わるのに眠れそうになくて、しかたなくベッドをでて、机のうえに常備してるミルク飴をくちに入れる。ぬるい甘さが唇の傷に染みる。

再びベッドへ戻ると、腰掛けて手鏡を天窓に合わせた。黄色っぽいような白っぽいような星が、ぽつぽつふたつ瞬いていた。

本田さん。本田さん。……裕仁さん。

『そういう正義の味方みたいなの、求めてないし信じてもいないから』――あの声が蘇る。

これは喧嘩じゃないから、仲なおりもできないような気がした。糸と同じで、絡まっただけなら修復もできるけど、千切《ちぎ》られたら繋げようがない。

自分の唇を指先で押して、噛まれた箇所を撫《な》でた。両足を引き寄せて、ぐっと胸をおさえてちぢこまる。嫌われたって好きだ。……いち、に、さん。いち、に、さん。星の光を思い起こして、懸命に鬱積《うっせき》した思いを押しやろうとした。するとふと、携帯電話が鳴りだした。

夜だから着信音がうるさい。枕のしたからだして見た画面には番号だけが表示されている。未登録の人だ。間違え電話かな、と当惑しているうちに切れてしまって、けど一分としないうちに、再び同じ番号から着信が。

観念してこわごわ「はい……」と応答すると、

『……優太郎？』

ほ、んだ、さんの声だ。

「本田さん、ですね」

『ン……悪い、寝てたよな』

「いえ、」

いえ……、と溜息のように繰り返して、激しく鼓動する心臓をおさえた。緊張して不安になる僕を『優太郎……』と本田さんが哀しげに呼ぶ。

『……さっき、ごめん。どうかしてた。謝りたくて電話した』

「え」

『携帯番号も、ハルに勝手に訊いたよ。……ごめん』

ごめん、ごめん、とこぼれた二回の謝罪が心にじんわりひろがった。あれから数時間、彼がどんな思いでいたのか、よくわかる声音だった。

嬉しさのあまり胸がぐんぐん熱くなってきて、僕も「ううん」と頭を振って謝る。

「僕こそ、怒鳴ってすみません。本田さんが元気なら、それでいいんです。暗い声ださないでください」

『……本当に、ごめん』

この声が好きだと想う。また名前を呼んでもらえて、ずっと傍にいたいと願って苦しくなる。

電話のむこうから「いらっしゃいませー」と聞こえてきて、休憩中に電話をくれたんだ、とわかり「遅くまで、おつかれさまです」と伝えた。

本田さんは返事のかわりに、もう一度『優太郎』と僕を低く呼ぶ。

僕は微笑んで「はい」と頷くのに、彼は深刻そうに問うてくる。

『さっき、俺のためになにができるか考えてるって言ったろ。……なんで?』

「え……なんで、って?」

『いくらバイト仲間だからだとしても、不思議だよ。携帯番号もいま知ったし、呑みにもプライベートではついこのあいだ一回いった程度の間柄なのに。……優太郎はもとから優しかったけど、博愛すぎるっていうか……ちょっと、わからない』

か細く洩れた最後の、わからない、というひとことに息が詰まった。

『嬉しかったんだよ、でもね、』とすぐつけ加えてくれたようすも、どこか複雑そう。

本田さんが無償の愛じみたものに不信感を抱くのは、自分にない感情だからだろうか。与えられたことも、与えたこともないから。

僕は不躾《ぶしつけ》なのを承知で「……本田さん、子どもの頃にお世話になっていた親戚って、どんなかたでしたか」と訊ねてみた。

彼は苦笑いして、

『なに、いきなり？　どんなって言われてもな……優しくしてくれたよ、虚しくなるぐらい』

と早くちに教えてくれた。……〝虚しくなるぐらい〟。

どうしたらこのもどかしさが伝わるだろう。寂しそうだって勝手に感じるたび、潰れるほど抱き締めたくなる想いを、どうしたら。

「……僕はね、」

そう言いながら頭のなかに浮かんできたのは、一年半まえの歓迎会の帰り、彼と並んで歩いた時間の情景だった。

「僕は……本田さんが春の大三角の話をしてくれたとき、生まれ変わったような心地になったんですよ」

『えぇ？』

なんだそれ、と本田さんが苦笑いする。

「小学生の頃の、子どもっぽいトラウマが原因なんです。徐々に薄れてはいたんですけど、どうしても、こう……星じゃなくても、趣味の合わない友だちに、我を忘れてマニアックな話をしちゃうと、ぽかーんってさせて迷惑かけるじゃないですか。そういう抑制してた気持ちを解放してくれたのが、貴方なんです」

『ンー……？　ちょっと大げさじゃないか？』

笑い声に照れがまじっていた。喜んでくれたんだとわかって、僕の頬も緩む。

「ううん。あのときから僕には本田さんが特別な人だから、大事にしたくなるんですよ」

やっと、ずっと秘めていた感謝を伝えられた。

本田さんは『特別って、そんな』とか『うーん』とか、こまごました羞恥を洩らし続ける。

赤い顔して前髪を忙《せわ》しなく掻きあげてそうで、嬉しくてかわいくて、もっと追いうちをかけて意地悪したくなって、

「……本田さんが特別で、大好き」

と囁いたら、『ばあか』と甘い声で怒られた。

ぶわっと胸の真んなかから熱が噴きだして、猛然とくすぐったくなる。

ベッドに突っ伏して彼の声を、ばあか、ばあか、と何遍も呼び起こしながらじたばたした。発散しないと内側から破裂しそうだった。いますぐ冬の海に飛び込んで、ばっさばっさ泳ぎたいぐらい。

『なんか、どたばた聞こえるんだけど？』

「泳いでるから」

『え？』

笑いをはらんだ一声にすら心が震える。本田さんの身体をめいっぱい抱き潰したい。大好き本田さん。何度くちにしてもこの言葉のほんとうの意味が届かないのは僕のせいだ。海の底で叫んでる僕が悪い。

自分の想いで幸せにできるって確証がほしくて、性別のせいで溺れてるふりしたまま、地に足つけて貴方にむき合わない僕が悪い。でも好き。どうしても、好き。

「……本田さん、僕も、ひとつ訊いていい」

『ん？』

深呼吸した。しわくちゃになった掛け布団のうえに正座して、毀《こわ》れそうになる気持ちを整えて、吸って吐いて。

「その、キスって……舌をあんなに、強く吸うものなんですか？」

『ぶっ……——ははは っ』

吹きだした本田さんが『そりゃさっきのはやりすぎたけど……』と、ひとりごとを呟く。

『優太郎、もしかして本当に初めてだったの？』

「も、しかしなくても、初めてでしたよ」

『あら〜……悪いな、もらっちゃって』

全然悪いと思ってないふうに言った。

『じゃあお詫《わ》びに、今度の日曜日どこか連れていってあげるよ』

「えっ、なんでそんな発想に、」

『希望ある？　——ああ、わかった。プラネタリウムだ。決まり』

「決まりっ？」と声が跳ね飛んだ。キスのお詫びが一緒にでかけることって、どうしてそうなるんだか、頭が混乱する。嬉しくって、混乱する。

「僕は、電話もらえただけで、よかっ、」

『優太郎は俺と遊びにいくのいやなの』

……その質問は、ずるい。

『なんならちゃんと、きもちいいディープキスも教えてあげるし』

「でぃっ、」

あかるさを取り戻した本田さんが笑いながら、半ば強引に誘ってくれる。

『いこう……？』

強引で、なのに甘い口調。僕が断らないことを、半分以上わかりきってる声だ。

本田さんにもらうこんな幸福を、心のどこにおけばおさまりよくなるか、決めあぐねた。

プラネタリウムなんていってしまったら、どうなるんだろう。僕はどうなりたいんだろう。

気を緩めたらとめどなく貪欲になりそうで、拒みたいと頭では思うのに、本当はもうどこにも断るって選択肢がないのも、わかってる。

「……楽しみに、してます。よろしくお願いします」

自制と欲のはざまでせめぎ合いながらも、視線の先にはどうしたって本田さんしかいない。

恋するって厄介だ。厄介で、なのに幸せで、だから、怖い。

僕は舌で飴玉を転がして、最後にもうひとつ訊いた。

「あの……本田さんの携帯電話の番号、僕も登録していいですか？」

彼はちいさく笑って、さっきの、ばあか、と同じ声でこたえてくれた。

『いいよ』


キスしたんだってことを、肌できちんと理解したのは、約束の日曜日がきてからだった。

それまで本田さんと会うのはほとんどが夜で、日中の真っ白い陽光のしたにいる彼を見たことがなかったせいか、彼が駅で僕を見つけて、ふわっと笑顔をひろげて手を振ってくれたら、途端に目のまえの人の波や、街の色彩や、彼の存在が、現実味を帯びて襲ってきた。この人とキスしたんだ、とようやっと、心がかっと熱くなった。

電車のシートに並んで、いつものように他愛ない会話を交わしても、ひとつも〝いつもどおり〟のことがない。

お互いエプロンをしてなくて、本田さんは仕事中しないブレスレットを左腕につけていて、僕もおろしたてのぱりっとした服なんか着てしまって、腕がぶつかりそうな距離で初めて並んで座っていて、窓の外の日差しが彼の頬を焼いていて、好きで。昨日よりずっと、好きで。

「優太郎、緊張してる？」

「いやっ、そんな、大丈夫です。……ほんとに」

僕は本田さんの横で、しょぼしょぼちぢこまる。

バイトのときは学校が終わったあとの気怠《けだる》さも相まって、どことなく世界が曖昧だ。お客さんがきて自動ドアがひらくたび、夜の気配がすぅと入りこんでこくこくと闇が深まるにつれ、深海でひっそり呼吸してるサカナみたいな気分になる。夢のような、嘘のような。だけど日中の世界は活発で、きらきらしてる。ああ、僕は『潮騒』以外の場所でも、この人の知り合いでいられるんだな、なんて変な心地になってくる。

……この唇とキスした。このくちが僕を吸った。この歯が、僕を噛んだ。

「『潮騒』の連中のなかで、初めてでかけるのが優太郎って、不思議な気分だな」

見つめていたくちが動いて、動揺した。

「ハルちゃんとも、でかけてるじゃないですか」

「あれは夜だから」

呑んでしゃべるだけだし、と適当につけ加えた横顔を、またじっと見た。本田さんも、僕と同じ感覚でバイト中の、あの夜を呼吸してたのかもしれない。

「本田さんの初めてを、僕ももらえた」

「ん?」と、首を傾げてすぐに、本田さんは思いあたったような顔で、にやと笑んだ。

「優太郎に、ファーストデート奪われちゃったか」

その左頬を照らす金色の光を眺めて、僕は、デート、と胸のうちで早くちに繰り返す。

「うん。でもなんだか、昼にバイト仲間と会うのは、深海魚が地上にでるみたい、ですね」

変な比喩だと承知でくちにしたのに、本田さんは視線をうわむけて右手で顎をこすりながら
「ああー……」と茫洋《ぼうよう》に頷いた。

「なんとなくわかるなあ。けど、深海魚は海の底で生活するための身体で生まれてくるから、地上にでたら死んじゃうよ」

身も蓋もない現実的な返答をもらって、がっかりするよりも、むしろすんなり納得できた。この電車はあと数分でとまるし、太陽は角度を変えて沈んでいき、一日は必ず終わっていく。そうして僕たちはまた『潮騒』で、夜を漂うサカナに戻る。

昼間に本田さんとデートするのは、死んじゃうぐらいとんでもないことだ。ほんとそうだ。

「じゃあ、大事な思い出にする」

真剣に頷いたら、本田さんは唇でうっすら微笑んで、僕のこめかみをぐっと押した。いた。

がたごと揺れる電車のなか、窓の外を流れる大きなビルや木々や、のっそり動く雲を見る。

白い日差しのしたでくっきり理解したのは、キスのことだけじゃなかった。

「……本田さんは本当に、僕がどんな変なことを言っても笑わないね」

「笑う？」

「星のことも、サカナのことも」

僕を見返した本田さんが、蠱惑的《こわくてき》な瞳で艶っぽく言う。

「惚れなおしちゃった……？」

この人が好きだ。途方もなく好きだ。まえぶれもなくふいに、泣きたくなるぐらい。


プラネタリウムへつくと、僕たちはチケットを買ってなかへ入った。

ドーム状の天井を見あげて耳がツンと圧迫されるのと同時に、喜びと期待がぞくぞく迫りあがってくる。本田さんとプラネタリウムにきた。きた。きちゃった。

どの場所が見やすいか相談して腰掛けたら、僕の横にカップルが座って、本田さんの横にもカップルが座った。まえには一組の家族がきて、子どもふたりを真んなかに挟むようにしてお父さんとお母さんが並ぶ。男同士なのは、僕たちだけだろうか。

　本田さんをうかがうと、いつの間にか眼鏡をかけて、チケットとセットでもらったチラシを興味深げに眺めていた。

「俺、実はあんまり視力がよくないんだよ。普段は裸眼でも平気なんだけどね」

「……あ、うん。すごく格好いいです」

「優太郎はなんでも褒めるね」

　くっくと笑われる。

　僕たちが浮いてるって、本田さんは気づいてないのかな。本田さんの横ではカップルが見つめ合って手を繋いでいて、僕の隣からも甘い会話が聞こえてくるのに。

「プラネタリウムのシートって眠くなる角度だよね」

　ゆったり身体を沈ませる本田さんを真似て、僕もシートにおずおず背をあずけた。

　いちゃいちゃした会話が聞こえる。全然ふつうの話も、甘ったるく聞こえる。僕はどんどん身体が萎んでいく。

「……本田さんとプラネタリウムにこられて、嬉しいです」と悔し紛れに言った。

　プラネタリウムにきていたたまれない気分になるのなんて初めてだったから、悔しかった。

　子どもの頃は、ここへ一歩踏み入れれば星だけをまっすぐ凝視《ぎょうし》していられたんだ。つまらない成長をした自分がいやだったし、自分を恥じるのも、恥じなきゃいけないのもいやだった。

つまらない成長をしたんだとしても、つまらない恋をしたんだとは、思いたくない。

「どうした、優太郎？」

「本田さんとこられて嬉しい」

僕がもう一回、今度はきっぱり言うと、彼は目を瞬いてから苦笑して、悪い口調になる。

「そうだな。俺も女とくるよりいいよ。あいつら、話しだすととまらないんだよね。こっちが黙って聞いてると〝わたしといて楽しくないの？〟って始まるし。なんだろうね、あの自意識過剰っぷり」

この人は女の人の話になると、たちまち乱暴だ。僕まで〝本田さんの、本当のファーストデートの相手は僕じゃないね〟と、乱暴なことを言いそうになる。

すると「まもなく上映を開始いたします」というアナウンスが流れて、暗くなってきた。

本田さんの姿が、暗闇に消えていく。吸い込まれる直前、彼のはっとした顔が見えた。

「……ごめん、優太郎。おまえといると話しやすくて、つい愚痴《ぐち》っぽくなるな。女といるより優太郎といるほうが楽しいよって、言えばよかった」

ささやかな自己嫌悪が、照れた響きで届く。

心が震えた。

お礼をしたくて本田さんの手を闇のなかで探して、見つけて、そうっと握り締める。ありがとう、と囁いたせつな、天井にふわりと星が散らばった。

上映時間は一時間弱。

星が消えてあかるさが戻ってくると、僕はうっとり高揚していた。真っ白いドーム状の天井を見あげたまま、身体の表面を走るちりちりした感動を味わう。やっぱり星はきれいだな、おもしろいな……と、意識が幸せにむかって飛んでいく。

周囲の人たちが席を立ち始めて、隣のカップルが「俺、眠っちゃったよ」「私もー」と笑い合っているのをうわの空で流した。

あ、そういえば本田さんはっ、と振りむくと、僕を見て微笑している。

「おまえ、俺がいること忘れてたろ……?」

ぶんぶん頭を振って、顔を伏せた。

星のあとに本田さんの顔を見てるなんて、夢みたいだ。俯く視線の先に、本田さんの指とシルバーリングがある。ここにいる。星を見ていた自分の横に、確かに、本田さんがいる。

「……眠く、なかったですか」

「平気だよ。プラネタリウム嫌いじゃないって言っただろ」

もうすこし人が減ってからでようか、と大好きな声が続けた。出入りぐち付近には人がたまって溢《あふ》れている。「はい」と頷いて再び天井を見遣ると、意識がぽわんとなった。

星がうつしだされていたときは、本物の夜空のようにひろく遠く感じたのに、天井がある。さっきまでの夜空がつくりものだったなんて、嘘みたいだ。嘘みたいでも、本田さんと見られて嬉しいな……。

「優太郎はどうして星が好きなの」

　本田さんが眼鏡のズレをなおす横顔にも魅入った。

「……子どもの頃、父さんにプラネタリウムへ連れてきてもらったのがきっかけです」

「ふうん？」

　最初の日の感動を、極力興奮しすぎないように、迷惑にならないように、ぽつぽつ話した。

星の名前もあんまり言わないようにしたけど、スピカだけは何回も言った。声にこめる熱量を
加減して説明しながら、もし今後、彼が女の人とプラネタリウムへきても、僕の知識を聞かせ
ないでほしい、と残酷なことを願ったりもした。

　おさえていたはずの欲に、色がつき始めてる。

「かわいいなあ、優太郎」

　しみじみ感嘆されて、やるせなかった。最後に、こう言ってしめくくった。

「いまの僕の夢は日本では見られない星を海外にいって見ることと、オーロラです」

「日本では見られない星？」

「南十字星です。南半球の空の王者」

　本田さんはこともなげに、「ああ、知ってる」と言う。

「確かオーストラリアの国旗には南十字星が描かれてるんだよな。日本でも、ええと。そうだ、

沖縄県の那覇《なは》あたりにいくと見えるんじゃなかったっけ？」

「はい、そうです。でも那覇では地平線ぎりぎりに低く見えるだけらしいので、やっぱり海外にいってはっきりと見たいんです。それこそ、オーストラリアとか」

ふぅん、と本田さんが相槌をくれる。感情がまた昂《たか》ぶった。本田さんが南十字星を知っていて会話を交わせたことが、とっても嬉しかったから。

「嬉しい、本田さん」と乗りだすと、彼は「なんだよ、わりと有名だろ？」と照れ笑いした。

南十字星は真南の位置が確認できる星だ。結ぶときれいな十字を描いて、傾く角度でだいたいの時刻を判断することもできる。いつか見たい、僕の憧れ。

「那覇な……。そういえば、あいつも見にいってたな」

「あいつ？」

「天文部の知り合い」

背筋がさあっと凍った。

「それって……本田さんが昔付き合っていた、女の人ですか？」

「あれ、話したことあったっけ」

またた、と思った。星の話をできて浮かれた直後、本田さんじゃなくて、本田さんが抱いた女の人と話していたんだと知る失望感。

その人はどんな人だったんだろう。本田さんに〝わたしといて楽しくないの〟と訊ねるような強い想いを持った人だったのかな。身体だけの関係だったのかな。それにしては、何度も話題になりすぎる。

「優太郎」

呼ばれて我に返ると、本田さんが僕の頬をつんとつついて微笑んだ。

「そろそろいこう」

……いこう、と言ってくれる。言ってもらえるあいだは、ついていきたい。

「うん」

唇を引き結んで、僕も精一杯、優しい笑顔を繕った。


プラネタリウムをでると、昼食を食べることにした。

「近くにおいしいイタリア料理を食べさせてくれる店があるけどいく？　チーズリゾットが絶品なんだよ。真んなかに穴があいてるでかいチーズを持ってきて、そこにリゾットを入れてまぜて食べさせてくれるの」

なんだろ。でかいチーズ？　うまく想像できなかったけどチーズリゾットは好きだ。うん、と頷いて、誘われるままついていく。

お店はとてもおしゃれで、高級感のある内装と落ち着いた雰囲気に、どぎまぎした。

薄暗い店内の高い天井からやわらかいライトの光がおりていて、テーブルのうえにはろうそくが立ち、ゆらゆら揺れている。

席へ案内されて、本田さんとむかい合って腰掛けると、店員さんが、

「こちらが本日のおすすめ料理でございます。併せてごらんください」

と黒板型の大きなメニューを、あいてる椅子に立てかけていった。手書きで料理の名前が並べてあって、本田さんはふつうのメニューと見比べて、てきぱき決めてくれる。

「量が多いからパスタとリゾットをひとつずつ選んで、あとは適当に頼む？　この生ハムのサラダとかもおいしいよ」

「は、はい。全部、おいしそうです」

「ン、わかった」

さすがに慣れてるんだな、と圧倒された。手際のよさが格好よくて……すこし、寂しい。

注文を終えて、しばらくプラネタリウムの話をしていたら、店員さんが四十センチ四方のチーズを台車にのっけて近づいてきた。スライスされてるやつじゃなくて、大きな塊の。

「本当にチーズだっ」と驚く僕の横で、チーズの中央にある穴を削ってごはんを入れ、まぜてくれる。す、すごいっ。

「イタリア料理にもこんなパフォーマンスがあるんですね。いままで僕は、おそばをうってるところぐらいしか見たことなかったです」

素直な感動を伝えたのに、本田さんが吹きだした。店員さんもにっこり微笑む。照れくさく

なったけど、笑ってくれたからいいや、と僕も笑った。

料理がひととおり揃うと、食事しながら『潮騒』の話もした。

本田さんはお上品に生ハムでレタスを包み、

「それにしても、どうしてうちは女の子のバイトがいないいんだろう」

と、ごちる。

確かにバイトはずっと募集中なのに、女の子は入ってこない。

「……本田さんが、口説《くど》いちゃうから平林さんが採用しないのかも」

僕がぼそっと冗談を言ったら、彼は肩を竦めた。

「俺は自分から口説いたことはないし、バイト先では真面目に仕事だけしてますよ」

「え、口説いたことないんですか？」

「ないよ。告白されて、俺の恋愛欲のなさに納得してくれる相手とだけ付き合うんだよ」

それでコイビトが途切れないなんて……。

「いまは何人ぐらいの人と、付き合ってるんですか？」

「ミサキにだいぶ引っ掻きまわされたから、三人ぐらいかな」

引っ掻きまわされなかったら何人と関係を持っていたのか、訊くのも恐ろしい。……ほんとにモテモテだ。本田さんは。

ふと店の中央に飾られたクリスマスツリーが目に入り、

「たくさん付き合っている人がいたら、クリスマスとか、イベントのときは大変ですね」

と呟くと、本田さんはうんざりしたように顔をしかめて紅茶を飲んだ。

「イベントがある日はバイトを入れるようにしてるよ」

「誰とも会わないんですか？」

「会わない。余計な期待させるだろ？　プレゼント交換なんて想像しただけでぞっとする」

「ぞっと……」

「他人が他人に与えることに、無償のものってないと思ってるからかな。下心なり偽善なり、絶対あるだろうって勘ぐっちゃうんだよ」

相手がセフレならとくにさ、とこともなげに言う彼のようすに、心が軋《きし》んだ。

プレゼントに心を託《たく》し合うのはべたついてて嫌い、っていう、単純な嫌悪感じゃなかった。

本田さんのなかに植えつけられた人間不信が邪魔をして、受け取りたくても受け取れないのに近い気がする。誰とも気安く接しているようでいて、実際は滅多に心を許したりしない彼の、過去の孤独ごと思い知らされるようだった。

僕が黙っていると、本田さんは気づかうような声で、そっと、

「……うちの伯母さん夫婦にはプレゼントするけどね。母の日とか、父の日に」

と、つけ加えた。

「ああいうイベントなら、お互い変に気づかう必要ないし」

「本田さん……」

人になにかもらうのが怖くても、伯母さんたちにあげたいと思う気持ちはあるんだ。

不信感だけに苛まれて他人をがむしゃらに遠ざけたがるような、子どもじみた葛藤はとうに乗り越えて、優しさと孤独とを複雑に抱えてる、僕の好きな本田さんがここにいる。

彼は僕の顔を見て、ふっ、とちいさく苦笑した。どんな表情を見せてしまったのかわからなかったけど……パスタを咀嚼してから教えてくれる。

「まえ呑みにいったとき話した、尊敬してる教師が言ったんだよ。『不満があるってことは、満たされてるってことだよ』って。思い返してみたら、自分が苛立つのは伯母たちに優しくされてる瞬間でね。そこから更正したのかな」

……親が蒸発してしまった現実を受け入れて、自分を育ててくれた親戚へ感謝しながらも、恋愛は、できない。そんな本田さんのことが、途方もなく、どうしようもなく恋しいのに、どうして僕じゃ、幸せにできないんだろう。なんで身体ですら満たしてあげられないんだろう。なんで僕は、男に生まれてしまったんだろう。

「本田さんが、いつか大切な人とクリスマスを過ごせるように、サンタにお願いします」

僕が精一杯おどけて、お祈りするふりをして笑いかけたら、本田さんもまた苦笑した。

「優太郎は、誰かと一緒に過ごすの？」

「ぼ、僕は、そんな相手いないですよ。家族くらいで…」

「あ、そうか。キスも知らなかったんだもんな」

からっと笑われて、ム、とくちを噤んでしまった。〝クリスマス〟とか〝誰かとふたりで〟とか、全然想像できなくて、夢すぎて、やるせない。好きな人なら、目の前にいる。

うまく笑えなくなってそっぽをむいたら、本田さんが困った声になった。

「ごめん、優太郎。ばかにしてるんじゃないよ。つい、かわいくて」

「……ば、ばかにしてる」

「してないよ、純粋にかわいいと思ってるよ」

純粋にからかってるってことかな。……意味がわかんない。

変に沈まないで笑わなくちゃ、と焦るもうひとりの自分がいたけど、いきなりけろりと笑うのも不自然な空気が漂ってきて、ぎこちない沈黙がおりた。不毛だとわかってて好きになったのは自分じゃないか、と自己嫌悪まで膨らんでくると、さらに気ばかりが急く。

手をとめてリゾットを睨んでいたら、本田さんがくちをひらいた。

「優太郎、クリスマス、俺と会ってくれる？」

え、とびっくりして顔をあげると、彼は、ごめんね、みたいに苦笑して眼鏡をはずす。

「優太郎の都合がよければ会おうよ。予定があるほうがほかの誘いも断りやすいし」

「だけど、バイトは、」

「お互い入ってるなら仕事が終わってからでかければいいだろ。遅くても十九時あがりにしてもらってさ。女と会うよりも、男友達といるほうがらくだしな」

男友達……。自分のつまらない頑固さが彼にこんな提案をさせたのかと思ったら、いたたまれなくなった。くちごもっていると、本田さんが強引になる。

「会おう。優太郎がいやなら諦める」

「い、いやじゃないです、僕は本田さんと会えるなら、すごく嬉しいです」

咄嗟に告白じみた返事をしてしまって赤くなったら、「あはは」と笑ってくれた。小首を傾げて、嬉しそうに約束してくれる。

「じゃあ決まりね。楽しみにしてるよ」

……楽しみに。

「僕も、楽しみ」

約束を胸にきちんとしまった。僕にいくつも夢をくれる、彼の笑顔ごと刻みつけるように。


食事を終えて店をでたら、曇り空になっていた。天気が悪くなったね、と話しながら歩いて駅につき、電車にのって揺られていると、とうとう雨が窓ガラスに線をひき始める。

地元の駅へ着く頃には大降りで、僕は空を眺めて呆然としてしまった。

「雨、やみそうにないですね」

本田さんは降ってくる雨を見あげて黙っている。

傍では僕らと同じように空を見ていたサラリーマンが舌うちしたり、女の子たちが「傘買おうか」と相談したりしていた。雨に濡れて駅に走り込んでくる人は「すごい雨だなー」と文句をこぼしてすれ違う。

もう一度本田さんを振りむくと、まだ空を見ていた。

「僕、傘買ってきます」

しかたなく売店へむかおうとしたら、グイと腕を掴まれた。

「いこう」

本田さんの声だ。へっ、と息を呑んだのも束《つか》の間、彼はそのまま雨のなかへ僕を引き寄せて歩き始めるじゃないか。

「ほ、本田さんっ⁉」

まだ微かに残っていた太陽に照らされて、きらきら瞬く雨が視界を掠めた。

髪や服に雨があたって、染みこむ。

額や頬に大粒の雨がぶつかって痛む。

ふたりで走って信号を渡りながら、濡れていく本田さんの背中を追いかけた。

目にも雨が入って、泣いたときのように世界がおぼろになった。

裏路地へ入って彼が僕の手を離すまでの、ひとつひとつの情景が、透明な雨の色彩に浸されてとてもきれいで、意識が薄ぼんやり揺れる。

「俺の家がすぐ傍だからおいで。傘も貸してあげる」

僕はこたえることもできずに、本田さんの横顔を見つめた。

走るでも早足になるでもなく、雨のなかを普段通りの歩調で歩いていく本田さん。

どうしてこんなことしたんだろう、と疑問に思って盗み見ても、彼は涼しい顔で湿った髪を掻きあげる。

「たまには雨に濡れるのも、悪くないね」

……瞬間、僕は真っ白になった。本田さんのもうひとつの本当の姿を見た気がしたからだ。

子どものようにどこか楽しげに微笑んでいる彼の、その髪の先から銀色の雫がしたたたって、とてもきれいで、きれいだから、遠くて。

この人を、急に独り占めしたくなってしまった。

緩く笑みを浮かべる優しい瞳の奥に、どんなにたくさんの感情を秘めているんだろう。哀しさだったり、喜びだったり、寂しさだったり。見えないものが、きっとたくさんあるんだ。

わかるのは、彼のなかにこくこくと堆積されたものに、どうしたって惹かれるということ。

本田さんの寂しさが雨を求めるんなら、僕も一緒に濡れたい。

喜びが晴天の青空を求めるんなら、一緒に散歩したい。

僕以外の人に、雨のなかを歩こう、と誘ったりしないでほしい。本田さんのこんな表情を見るのは、僕だけならいいのに。

……想いが満杯になった頃、本田さんの住んでいるアパートについた。

部屋は1DK。玄関のドアをあけてすぐ左横がキッチンで、正面にある八畳ほどの部屋には中央にテーブル、奥にベッドが一の字においてある。キッチン横の廊下の先は浴室と洗面所に繋がってるようだった。……本田さんの家にまできてしまって、今日はまったく贅沢すぎる。

彼に「風呂入っていいよ。そのあいだに、洋服洗濯しておいてあげるから」とすすめられるまま、失礼してお風呂を借りた。彼が毎日入ってる浴槽へ浸かるのも、すごく気恥ずかしい。

お湯に顔を半分沈めてぼんやりしてたら、ほどなくして外から「服はこれだけ？」と訊かれて、「はい」とこたえたあと洗濯機の音が聞こえてきた。

「あの、僕、洗濯すると、服がないです」

「乾燥機つきだからすぐ乾くよ。風呂あがりは俺の服貸してあげるから、しばらく待ってな」

本田さんの服……。深く考えるのはよして、僕はさっさと髪と身体を洗ってお風呂をでた。借りたバスタオルで身体を拭いて、用意しておいてもらった長袖シャツを着る。

部屋に戻ると、本田さんも着がえてベッドに座り、煙草を吸っていた。

「お風呂、ありがとうございました。先にすみません」

「ン。はやく髪乾かしな」

瞳を細めて微笑む彼が「横に座っていいよ」と呼んでくれる。煙草を吸う姿も格好いいな、部屋ではこんなふうにくつろいでいるのかな、とぼうっと近づいて、右横に腰掛けた。

ベッドの枕元には本が積みあがっている。

「本田さんは読書家なんですね。もしかすると、ハルちゃんの本も読んだことありますか？」

「あるよ。べたべたの恋愛小説で〝ハルの小説は意味がわからない〞って言ったら喜んでた」

「喜ぶの？」

「自分の作品を好きな相手とは、友だちになれないんだってさ。ファンが見るのは作家であって、自分自身じゃないって。だから嫌ってもらったほうがありがたいんだと」

「ふうん……」

「作品だって自分なんだから、好かれてるほうがいいのにな？　どんな理由だろうと好意をむけてもらえるって、なかなかないんだから」

……本田さんらしい考えかただ、と思う。自分だってたくさんのコイビトから好意をむけられていてもなお寂しそうにしてるのに、気づいてない。

「ハルちゃんは、好かれることの孤独を知ってるんですね」

「好かれて孤独なの？」

「うん、たぶん」

本田さんが眉間にシワを寄せて不服そうに唇を尖らせる。

「優太郎も経験したことがあるからわかるのか」

「えっ、違いますよ」

「結構モテるの」

「モテないけど……会ったことがあるんですよ。好かれても好かれても、寂しそうな人と」

「誰？」

「ひみつ」

じと、と睨んでこめかみを押された。いたいってば。……それ、貴方だし。

前髪から落ちる雫が気になって、テーブルのうえにあったドライヤーを手に取った。ベッドのうえで髪を乾かすのは失礼かも、と思案していたら、僕を見ていた本田さんは、煙草の煙を吹いてしみじみ言う。

「優太郎も女を抱いたりするのかな……想像できないな」

「な、なんですかいきなり」

「風呂あがりの姿を見てたら、なんとなく」

なんとなくって。

「優太郎は好きな子とかいるの？」

「好きな子、ですか」

「うん。優太郎が付き合う女って、どんなタイプかまったく想像できない」

僕もだ。いままで女の子を好きになった経験はないし、気が合うと思っても友達どまりで、恋愛感情を自覚したのは本田さんだけだったから。

すこし考えて、ただひとつ、これだけは確かだと思うタイプをこたえた。

「星みたいな人が、好きです」

本田さんは目元を緩めてやんわり微笑むと、

「……星か」

と呟いて煙草を灰皿においた。

「優太郎が、星が好きだって教えてくれたとき、あれ、おまえなりのフォローだっただろ？」

本田さんの生い立ちを、初めて聞かせてもらったときの話だ。

「どんな反応も慣れてるけどさ、あそこまで顔にだして焦ってくれる奴も珍しくて、いい奴なんだなあと思ったし、なんていうか、突き抜けてかわいかったよ」

「つ、突き抜けるっ？」

「……嬉しかったってこと」

すぅと自然な素振りで、本田さんが僕の腰に右腕をまわした。顔を覗きこむように近づいてきて、僕が、どうしたの、と訊こうとしてひらいた唇を、唇で掬いあげてはむ。

ふわ、と触れた本田さんの唇と温度と煙草の味が、僕の指を震わせた。

閉じ忘れた目を強くつむって、闇の奥で本田さんの唇だけを見つめる。なんで、と疑問に思う間もなく、本田さんの舌が僕のくちのなかへ入ってきて、優しく舌を吸い寄せられた。

このまえの乱暴なキスとは違う、好意を感じさせるような熱い、胸に痛いくちづけだった。

離れると、本田さんはくち元で、

「……このあいだのお詫び」

と囁いて、イタズラっぽく笑った。破裂しそうだ。胸が潰れるほど苦しくて、眩暈がした。

「優太郎はディープキス知らないからな」

「……知らない、けど」

「彼女ができたら、ちゃんとしてあげないとだろう?」

〝彼女が、できたら〟——本田さんの目が楽しげに滲《にじ》んでいる。

彼にとってこのキスは、恋も愛もない。遊びでもないかもしれない。

偶然ぶつかったぐらいの、そんな程度の〝ふつう〟じゃないキス。

「……本田さん」

呼びかけると、彼は、なに、とこたえてくれた。僕はその優しげな表情をまっすぐ見つめて訊く。

「僕も、本田さんの、舌……吸ってみていいですか」

本田さんは面食らったように目をまるめてから、ふっと吹きだして頷いてくれた。

「いいよ」

心臓の鼓動を耐えて、本田さんの頬に指をそえた。ずっと好きだったのに、こんな至近距離で、こんなにきちんと、目や鼻筋や、薄い唇のかたちを見たことはなかった。

見つめれば見つめるだけ愛しさが膨らんで辛いから、逃げるような気持ちでそっと、唇を重ねて目を閉じる。

お腹のあたりが、ずしっと痛んだ。やっぱりあたたかい唇と、煙草の味に、張り裂けそうになる。……本田さんと、キスしてるんだ。

彼が僕にしてくれたように舌を差し入れると、彼も舌を寄せてくれて、嬉しくて、ちゃんと想いをこめてこたえたくて、優しく愛しく吸った。

恋しくて、これほど近くにいても届かなくて、身体が震える。本田さんの唇はやわらかいのに、ナイフのような鋭い痛みをともなって心を突き刺してくるから、唇まで震えた。うまく動かせなくなってくると、かわりに本田さんが僕の背中を引き寄せて、舌を吸い返してくれた。

熱が、会話みたいに絡み合う。

これ以上は辛い、と感じてくちを離そうとしたら、本田さんも、やめる？　というふうに舌をとめた。頷くかわりにもうすこし離すと、彼も微かに離して、吐息を洩らす。腰にある腕の強さを感じて、心が軋む。

最後に本田さんはもう一度、掠めるだけのキスをすると、僕を両腕で抱きつつんでくれた。

「本田さん……」

目の奥が痺れる。抱き返していいのかわからなくて、じっと手を握って涙を耐えていたら、本田さんのちいさな笑い声が空気をあかるく変えた。

「優太郎のキスはかわいいね。こうかな、こうかな、違うかな、って優太郎の動揺が見えた」

彼の声が、僕たちの重なり合う胸と胸のあいだで響く。

本田さんの身体があたたかい。本田さんの香りが近い。明日もこうしていたい。

「……僕のキスは、合格ですか。気持ちよかったですか」

男の僕とのキスを、本田さんはどう感じただろう。優しい想いを届けられたのか、それだけが心配だ。

僕の背中をポンポン叩いて撫でてくれた本田さんは、

「気持ちよかったよ」

と笑ってくれた。よかった。

「いつもなら、……僕が女の子なら、こうしてキスしたあと、えっちするの」

「ばか」

僕が笑うと、本田さんもくしゃと顔を歪ませて笑う。……よかった。

声にはだせない想いを、本田さんの肩にくちをつけることで潰した。

……本田さん。

貴方が明日違う誰かとキスしても、僕はずっと忘れない。

好きです。僕、貴方が好きです。

女の子に、なりたかった。

# 選択とは捨てること

十二月に入った。

寒さもだいぶ厳しくなり、僕はテスト勉強とバイトに追われる忙しい日々を過ごしていた。

夜、勉強をしていると母さんが一階から「ゆう、ケーキ食べる～？」と声をかけてくれたので、休憩することにして居間へいくと、テーブルのうえに僕の大好きなチーズケーキがある。母さんの手づくりだ。

喜んで椅子に腰掛けたら、母さんがケーキの横に紅茶をおいて、

「勉強どう？」

と、訊ねてきた。

「うん、がんばってるよ」

「ここのところ遊んでばかりいたから、成績さがっちゃうんじゃないの？」

……ハルちゃんたちとの〝呑み会〟と、プラネタリウムへいったことを言ってるんだ。

母さんがからかうように笑うのを、僕は軽く睨んで返した。

「たった二回でかけただけで、頭悪くなったらたまんないよ」

ケーキを丁寧にフォークで千切ってくちにはこぶ。おいしい。

母さんも「うふふ」と僕の隣に座った。

「アルバイトは、来週からお休みだっけ」

「ン。テスト期間の週だけ、お休みをもらうよ」

「わかった。またおやつつくってあげるね」

うん、と頷いて紅茶も飲む。

母さんは僕のテスト期間が好きだ。正確には、このおやつタイムを楽しみにしてるって意味なんだけど、専業主婦として日がな一日ひとりで過ごしている母さんにとって、息子の僕とふたりでのんびり会話できるひとときは、本人曰《いわ》く〝生きがい〟でもあるらしい。

普段は大好きなケーキづくりに興じても、僕も父さんも仕事や学校やバイトがあってみんなで食べられないけど、僕がテスト期間に入って家にいれば一緒にゆっくりできるから、とか。

「ゆうが不良じゃなくて、母さんよかったな」

「なに、不良って」

「お隣の家の息子さんは、家族と一緒にごはんも食べないんだって。友だちと遊ぶか部屋にこもるかでなにしてるかわからないし、ちょっと怒ると〝うるせえ、ババア〟って怒鳴るんだってよ。親にむかって、なにそのくちの利きかた」

……ババアはともかく、僕は自分が大人しすぎると思ってる。

温和な両親に、なに不自由なく幸福に育ててもらったせいだろうけど、本田さんと知り合ってから、その……友だちとお酒呑んでAVを観るだとか、山へぐるぐる走りにいくだとかせずにいたのは、もったいなかったのかも、と感じた。もっと〝外〟に興味を持ってもいいんじゃないかって。本当に、いままで星ばかり眺めてきてしまった。

「望遠鏡のお金は貯まった?」と、母さんも微笑んで紅茶を飲む。

「うん、あとすこし」

「そう。でも来年は大学受験生だものね。アルバイトも、来年になったら辞めなさいよ」

辞めなさいよ、という言葉だけ、かたい声で発せられた。

「うん、わかってる」

それはバイトをやらせてもらうときの条件でもあったから。

脳裏に本田さんとプラネタリウムへいった日の光景が、ぼやぼやと蘇った。きらきら光る雨のなかで微笑んでいた横顔も。

「ゆう。母さんさ、望遠鏡のお金が足りなければ、そのぶんは父さんに内緒でだしてあげるから、一緒に買いにいこうね」

「え、いいよっ」

「ううん。ゆうがどうやってお給料を使うのかなあって、母さん見てたんだけど、変な遊びもしないで、ちゃんと望遠鏡のために貯めてたでしょう? だからご褒美」

ご褒美って……母さんがそんな思いで見守っていてくれたなんて、知らなかった。

せめて一月いっぱい続けさせてもらえれば金額的にも迷惑をかけないですむけど、母さんの表情をうかがうとにこにこしている。ひとまず、ここは頷いておくべきかな。

「……わかった。ありがとう」

一年半ずっと心配してくれていたんだ、と申しわけなく思いつつケーキの最後のひとかけらを食べると、母さんが突然浮かれだして「聞いて聞いて」と擦《す》り寄ってきた。

「クリスマス、今年はロールケーキをつくるよ」

あ。

「そうだ。ごめん。僕、クリスマスは約束があるんだった」

「え〜っ……そうなの？」

「バイト先の人に会おうって誘われたんだ」

「ふう〜ん。彼女？」

にんまりして、肘でつつかれる。

「相手、男の人だよ」

「なあんだ。ちぇ」

あからさまにつまらなそうにする母さんに、僕は苦笑した。

「ごめんなさい」と謝る。心のなかからも。

大切なことなのに言えなくてごめんね、母さん。裏切ってごめんね。

僕は不良より悪い人間だし、もう星だけをきれいだなんて、思ってもいない。

数日後、学校が終わってからバイトへいくと、バックルームでハルちゃんと本田さんが休憩していた。

僕に気づいた本田さんが「よ」と、挨拶をくれて、僕も微笑み返す。

「こんにちは」

ハルちゃんだけ、にやっと笑った。そういえばハルちゃんは本田さんに僕の携帯番号を教えた張本人だった。またいきすぎた妄想で冷やかされるのもいやだし、知らんふりしとこ。

ロッカーに鞄をおいて、エプロンを取る。ふぅ、と息をついて腕をとおすと、

「優太郎のくちって、甘いんだよ」

本田さんの声に、ぎくっと緊張が走って指先が戦慄《わなな》いた。

「甘いってなによ、本田君」

「ほんとなんだって。そうだなあ〜……ミルクみたいな感じ？」

ふたりの心底楽しそうな笑い声が続いて、僕は振りむけなくなる。

……本田さんが、キスの話をしてる。僕との秘密を、ハルちゃんに吹聴《ふいちょう》してる。

背中からじわっとした冷や汗と絶望がこみあげてきて、その一秒あとに、これは傷だ、と気づいた。身体の中心を冷たくすり抜けた感情の正体は、傷と、怒りだ。

「なあ、優太郎」と、本田さんに呼ばれた。

「ハルに、あの話してもいい？」

押し黙っていたら、「優太郎ってば」と愉快そうに急《せ》かす。

「〝あの〟……って、なんですか？」

俯く僕のところへ、本田さんがきた。にこにこご機嫌そうに上半身を傾げて指輪のついた右手をくち元にあてると、耳うちする。

「……優太郎が俺にキスをねだったときのセリフ、知りたいんだってさ」

かっと顔が紅潮した。歯を食いしばって本田さんの胸に拳《こぶし》を振りあげたら、難なく掴まれて笑われる。

「照れるなよ、男同士なんだからいいだろ？」

「……くっ！」

男同士だよ。男同士だからだよ。男同士だから、僕には奇跡だったんだよ！

「真っ赤になっちゃって、優太郎はほんと純情だなあ」

「本田さんは最低だっ。言いふらさなくたっていいじゃないかっ、人が悪すぎるよ！」

「優太郎だって俺をキスの実験台にしたんだから、お互いさまでしょ」

じ、実験……。

ハルちゃんが「あははははっ」と吹きだす声が胸の傷に響いた。本田さんはにやりと唇を引きあげてロッカーに右腕をつくと、僕に顔を寄せてくる。

「……ほら、ならしてみ？　教えてあげたとおりに。ハルに見せつけてやろう」

僕の心を吸い取る微笑が、真正面に迫る。狼狽《ろうばい》しながらも、心のなかで、実験じゃない、と叫んだ。身体の内側全部に響き渡るような大声で。

実験じゃない。実験なんかじゃない。

「違う、……やだ」

試したんじゃない。練習じゃない。本田さんとしたかった。好きだからしたかった。……全部ぶちまけて、ぐちゃぐちゃに困らせてやれたらいいのにっ。

顔を伏せて本田さんの肩を緩く押しやったら、腰を左腕で引き寄せられた。

「優太郎」

笑みのはらんだ甘い声で誘う。

「ゆう、して」

「やだっ」

母さんと同じ呼びかたをされて、罪悪感まで増した。なんでこんな人っ、と猛烈に悔しくて歯がゆくてしようがないのに、心が軋む。好きで、憎くて、好き。

ハルちゃんがうしろで「うわ～」と洩らした。

「悪い奴につかまっちゃったねえ、坂見君」

でも声は楽しそう。

本田さんもふざけて急かす。

「はーやく」

無邪気な子どもっぽい笑顔が近づいた瞬間に、僕は彼を振り切ってバックルームをでた。

「ゆう！」

すぐさま腕を摑まれて、カウンター手まえにある、ロールスクリーンで仕切られた狭い廊下の壁におさえつけられる。

「……冗談だろ？　そんなに意識するなよ」

悪びれたふうもなく攻め立てられるのが心底いやになって、僕はさっとくちを寄せて、その唇の右端を嚙んでやった。

離れようとしたら、

「位置が違う」

熱い唇にくちを覆われて、意識ごと奪われた。押しひらかれ、舌で強引に貪《むさぼ》られる。目を閉じてるのに本田さんの唇しか見えない。彼の舌が身勝手に乱暴に、僕を苛む。

抱き潰してやりたい……っ、と強く想ったときにくちが離れて、本田さんの両腕が僕をふわりと抱き竦めた。エプロンの紐を結んでくれながら、静かに優しく囁く。

「……ごめん。優太郎がキスを知らなかったことも、ファーストキスの相手が俺なことも、もう誰にも言わないよ」

くぅ……っ。

「意地が、悪すぎる」

抱き返したいのを我慢して、腰のあたりをばんとぶってやった。ははは、と笑った本田さんは、僕の肩に頭をのせてごろごろ擦りつける。

「あー……俺、男の味、知っちゃったかも」

「味なんか、ない」

「あるよ。優太郎は特別甘い。いつも飴かなにか食べてるでしょ？」

比べられてる。どこかの、誰かの唇と。

頬をくすぐる本田さんの髪の匂いを吸いこんでから、いま一度突き放した。

「……仕事します」

カウンターにでると、本田さんもついてきて隣に並んだ。

「怒るなよ」

「怒ってないです。……本田さん、まだ休憩時間だったんじゃないんですか」

「俺は仕事熱心なんですー」

おどける横顔を盗み見て、この唇が自分に三回もキスしてくれたのかと思ったら、また複雑な気持ちになった。僕を目だけで見返す本田さんが、ふわっと微笑む。親しい相手にしか見せない顔だ、とわかったのと同時に、

「これ一週間でお願いしま～す」

と、彼のレジにお客さんがきた。真っ茶色の髪の、お化粧の派手なギャルっぽい女子高生が三人。

「このDVDっておもしろいですか～？」

「ああ、すみません、観たことないですね」

「えーっ、なにそれ、ありえないんだけど⁉」

本田さんはしれっとカードを受け取ってお会計をすすめ、女の子たちはきゃはは っ、とはしゃいだ。僕は絶句。彼女たちが「ひどーい」「でもこの人格好いいね」と浮かれる大胆《だいたん》さにも、ただただ驚くばかり。

「じゃあおにーさん、わたしたちと一緒に観ようよ」

馴れ馴れしい誘いに、本田さんは営業スマイルで応じる。

「一年間毎日ここにかよってくれたら考えるよ」

「はあ？　ンなの、ずるいしー。じゃ合コンは？　おにーさん大学生でしょ？　おにーさんぐらい格好いい友だちしょーかいして」

「俺らはお酒が呑める年頃の子としか遊ばないんだよ。気が引けちゃって」

わざとらしく残念そうに肩を竦めた本田さんが、彼女たちの「うちら呑めるしっ」とかいう抗議を華麗に受け流す。なんだかんだで仲よさそうに接客し終えて、彼女たちが「またね～」と帰っていくと、僕は肘でつんつんつつかれた。

「優太郎、いま妬《や》いたろ?」

どっちに対してかわからないし、どっちに対してだとしても困るので、返答を濁《にご》す。

「……一年間、ほんとにかよってくれたら、どうするつもりなのかな、とは思いました」

「ばかだな。ああいう奴らがそんなに一途なわけないだろ。明日にはどっかの男相手にベッドで股《また》ひらいてるよ」

「げ、下品ですっ」

「相手によって接客方法を柔軟に変えろってことだよ」

ム……、とくちを引き結んだタイミングで、僕のまえにもDVDとカードがおかれた。

お客さんだ、と顔をあげたら、

「優太郎君、こんにちは」

先日『オペラ座の怪人』で知り合った、浅木さんだった。

「あ、浅木さん! お久しぶりです、こんにちは」

彼の柔和な笑顔が、僕のぎすぎすして尖っていた心を一気に癒してくれる。名前を憶えていてくれたのも嬉しくて、強張っていた身体がどんどんほぐれていった。

「優太郎君にまた会いたかったんだよ。『オペラ座の怪人』の話をしたかったし」

「ありがとうございます。……DVD、どうでしたか?」

「とっても感動した。優太郎君にすすめてもらって、よかったよ」

「う、うまくすすめられたとは思えないんですけど……そう言っていただけると嬉しいです」

浅木さんのあたたかい雰囲気に触れると、僕も自然と笑顔になれる。おしゃべりしながらお会計をすませて、DVDを袋に入れた。今日浅木さんが選んでくれたのは『アメリ』だった。

「あっ。『アメリ』は、僕も観たことありますよ！」

今回はきちんとすすめられる！　と意気込んで「『アメリ』は主人公の女性の名前なんですけど、」と、ぺらぺらしゃべった。

彼女は不思議な性格の子で、ああなって、こうなって、このシーンがよくて、片想いの男性の気をこんなふうに惹こうとして、その伏線がラストシーンに、こう――。

「優太郎君……ごめんね、それ以上聞くと、ネタバレになっちゃうかも？」

「……え」

はっ、と我に返ったら、浅木さんは苦笑していて、横にいる本田さんは僕を睨んでいた。

ああ、し、信じられない、また失敗したっ！

「すみませんっ！　僕、またこんなっ」

レンタルショップで働いておきながらネタバレするなんて、致命的じゃないかっ。焦ってへこへこ頭をさげると、浅木さんが吹きだした。ふははは、とお腹を抱えて笑っている。

「優太郎君……キミってほんと、おもしろくてかわいいね」

「申しわけございません、浅木さんには失礼なことばっかりして……」

「気にしないで、そういう優太郎君が好きなんだから」

そういうって……浅木さんの目には、僕がどんなふうにうつっているんだろう。

「そうだ」と、ひらめいたように呟いた浅木さんが、持っていた財布のなかから白い紙を取りだす。名刺だ。

「僕ね、ちいさなコーヒーショップを経営してるんだけど、よかったら今度おいで」

「え、コーヒーショップですか？」

受け取って見ると【Coffee Shop Kaze】とある。すごい、なんだかおしゃれだ。

「のんびりやってる店だから、気軽に遊びにきてください。優太郎君とゆっくりおしゃべりしたいしね」

浅木さんには迷惑かけどおしなのに、最初からずっと、一ミリもブレない優しさをくれる。お店にいけば時間に余裕をもってきちんと話せるし、改めてお詫びできるかもしれない。母さんにも事情を説明して、おみやげのケーキをつくってもらうのもいいかも。

「じゃあ、お言葉に甘えて、近いうちにうかがわせていただきます」

丁寧に頭をさげると、浅木さんは「はい、お待ちしています。ではまたね」と手をちいさく振って出入りぐちへむかった。

浅木さんの背中を見送っていると心が和んだ。人との出会いは尊いものだ。大切にしよう、と胸をおさえる。

「優太郎、どういうこと。あれ誰？」

浅木さんの姿がなくなった直後、本田さんに詰問された。……本田さんは僕に仕事を教えてくれた先輩だから、さすがにこのひどい接客態度に怒ってるんだ、と反省する。

「……すみません。浅木さんはこのまえ知り合ったかたで、仲よくさせてもらってるんです」

手短に浅木さんのことを話した。僕の接客に意見してくれたこと、名前が似ていて親近感を抱いたこと、初めて親しいお客さんができて嬉しかった気持ち。最後に「いまだに接客下手で本当にすみません」と締めくくると、本田さんは「ふうん」と冷徹な目になった。

「気持ち悪い客だな。〝また会いたかった〟とか〝かわいい〟とか〝好き〟とか、ふつう店員に言わないだろ。しかも自分の店に誘ったりして」

僕は思いがけない非難に、取り乱す。

「き、気持ち悪くなんかないですよ。だめな僕に、親切にしてくれてるんです。大事なお客さんだから、テストが終わったら、ちゃんとお詫びにいきます」

「いくの」

「もちろん、いきますよ？」

怒りの形相で睨まれて、今度は怯《ひる》まずに見返した。自分の接客を叱られるならまだしも、浅木さんを悪く言われるのは納得いかない。いい人だってわかってほしくて、気持ちが伝わるように祈った。けど、本田さんの表情はますます不快そうに歪んでいく。

「客に股ひらくのが、優太郎のやりかたなんだな」

「ど、どうしてそうなるんですか。本田さんだって、相手によって接客方法を変えてるんでしょ？　僕は浅木さんと仲よくなれて、店員として自信をもてたんです」

「俺は客とプライベートで関係を持ったりしない。相手の店までのこのこいこうとするおまえと一緒にするな」

言い捨てた本田さんは、身を翻すと返却されたＤＶＤを持ってカウンターをでてしまった。

「本田さんっ」

呼んでも、もう振りむいてはくれなかった。


……夜十時。帰宅して勉強しながらも、どうしても本田さんのことが頭から離れなかった。

今日を最後にバイトがテスト休みに入る焦りもあって、あのあと何度か呼びとめようとしたけど、無駄だった。僕が声をかけたタイミングでハルちゃんに話を振ったりして、あからさまにさけられてしまう。結局なにも言えないまま家に帰ってきて、もうこんな時間。

わかってた。本田さんが嫉妬してくれたことは。恋愛の甘いそれとは違う、おもちゃを独占したがる子どもじみた我が侭《まま》だ。でもだからこそ僕は複雑で、こんがらがった仲の結びなおしかたを見失う。いっそ告白してしまいたかった。恋愛欲のない、セックスフレンドが三人もいる女好きの、あの男に。

「ばか」

怨言《えんげん》をこぼした拍子にシャーペンの芯がぱちんと折れて、額にぶつかって飛んでいった。

……だめだ。ぎくしゃくしてたら勉強も手につかない。やっぱりはやく仲なおりしたい。

勢いにまかせて机のうえにおいていた携帯電話を鷲摑み、すっくと椅子を立って窓辺に移動した。ボタンを押してコールしつつ、夜空を見あげる。僅かにあかるい今夜の空は薄紫色をしていて、こういう夜空の次の日は晴れるって話を思い出す。

電話にでてくれますように。仲なおりして気持ちよく朝を迎えて、本田さんにも自分にも、明日の快晴の空が透きとおるような青に見えますように。

『……はい』

三度目のコールで、本田さんがでてくれた。地の底から這《は》ってでてきたような、おどろおどろしい声。

「こんばんは、坂見です。……いま、すこしいいですか」

『べつに』

「……。なに、してましたか？」

『ふて寝』

恋しくて胸が痛んで、ぐっとおさえて空気を思いきり吸いこんでから、はあと吐きだした。

ふて寝って……よっつも年上の大学生のセリフだと思えないよ。

「本田さん、仲なおりしましょう」

『どうやって』

「話し合って。……僕、テスト期間に入るからしばらくバイトを休むんです。本田さんとこんなままでいたくないから」

はっ、と鼻で笑われた。

『優太郎はほんと、誰にでもいい顔するよな』

「そんなつもりありませんよ、誰にでもなんて」

『悪いけど、俺そういうの鬱陶しい』

侮蔑《ぶべつ》のこもったきっぱりした拒絶が、胸に刺さる。誤解だ。博愛主義を気取るつもりは毛頭《もうとう》ない。僕だって残酷なぐらい、独り占めしたい人がいる。それが貴方なのに。

空の星を睨んで、精一杯叫んだ。

「僕にとって本田さんだけは、特別なんですよ」

『俺に拘《こだわ》る必要ないだろ』

「あります。救ってくれた人だって教えたじゃないですかっ」

『あの客も自分に自信をくれた大事な客だって聞いたけど?』

「それとこれとは全然違いますよ！　もう、小学生みたいな嫉妬しないでくださいっ」

怒鳴ったのに『違いがわからないな、小学生だから』とすげなく切り捨てられた。

口論をすればするだけ、決して嫌われてないんだとわかるのに、届いてるようで捕まえられない歯痒さが苛立ちにすりかわる。

拳を握り締めて「僕は、本田さんが一番好きなんです!」と訴えても、

『薫もハルに言ってたな。〝一番ってことは二番がいるんだろ〟って。俺もそんな中途半端な好意に振りまわされたくないわ』

と、また突き放された。「だったらっ、」と縋るような気持ちで懇願する。

「浅木さんのお店、一緒にいってくれませんか。今度の土曜、また十時に駅で待ち合わせで」

『なんで?』

「本田さんといきたいからです、どうしても」

『俺みたいなばかなガキは放っておいて〝特別なお客さん〟と仲よくしてろよ』

ばかなガキって、言った……自分で。

『じゃ』

ぷつっ、と通話が切れた。信号音になった携帯電話を耳にあてたまま、呆然と立ち尽くす。

……自己嫌悪してるじゃないか。本田さんだって。

携帯電話をおろすと、星だけが視界を覆った。薄紫色に染まる空に、素知らぬ顔したオリオン座が煌々《こうこう》と瞬いている。届かない、星が輝いている。

土曜日、ケーキと浅木さんの名刺を持って駅へいくと、本田さんはそこにいてくれた。安堵と喜びが湧きあがってきて思わず駆け寄ったら、仏頂面した彼は僕の手元を見て問う。

「なに持ってるの」

「あ、これは、ケーキです。母さんに、用意してもらって、」

浅木さんのために、と言うのを躊躇《ためら》うと、本田さんのほうが、

「あの人のためにつくってもらったのか」

と険《けん》のある声で吐き捨てた。責められるのは理不尽だと思うのに、もう怒る気にもなれなくて閉口する。しまいに、彼はとんでもないことを言いだした。

「優太郎がキスしてくれたらいいこうかな」

「えっ……ど、どうして、」

「ちゃんとくちにだよ」

ポケットに両手を入れてそっぽをむく、拗ねた横顔。……なんだろう。この子どもな態度。

「冗談は、よしてください」

「あ、そう。じゃあ帰るよ」

くるっと身を翻そうとした腕を「本田さ、待っ……」と引きとめた。にやっと笑う本田さんを見て逡巡《しゅんじゅん》した挙げ句、さすがに人目が気になったから、渋々駅のトイレへ引っ張っていく。

本田さんは僕の困ってるようすがおもしろいのか、だんだん機嫌よくなってきて「トイレって色気ないなあ」なんて笑う。むかむかするのに、どうしようもなく恋しくなる一方で、奥の個室に押しこんで正面に立つと、睨みあげた。

今度は本田さんのほうが、困ったような微苦笑を浮かべてる。

「……そんな顔するなよ、優太郎」

ごめんね、みたいに囁いて僕の腰に両腕を緩くまわした。

嫉妬して拗ねて、キスしろなんて迫ったかと思えば、寂しそうに謝る。謝られると僕はこの人のこういう無鉄砲でめちゃくちゃなところさえも欲しいんだと思い知って、堪らなくなる。もう泣きたかった。そんな顔見せるわけにいかないから、背伸びして急いでキスした。

僕がしたんだから、僕に主導権があるはずなのに、本田さんは僕の後頭部をおさえて、先に舌を絡めてくる。くちの端から端まで丹念になぞって、大事なものみたいに何度も甘噛みしてくれる。

「……ゆう」

至福感が背筋を駆けのぼった。

胸があんまりにも痛くて、僕も辛抱できずに彼の上唇を吸うと、まるで喜んでくれたふうに抱き締められる。とうとう涙が滲んできた。涙はきっと、心臓が絞られてでる血に違いない。

「なんで泣くんだよ」

訊きながら、本田さんは僕の身体を胸のなかに閉じこめた。

「泣きたいのは俺だろ……？」

そしてまた、こんな身勝手なことを言う。理性が千切れて、僕は彼の胸に顔を埋《うず》めた。

「仲なおり、できて……嬉しかったから」

ほかに、なんて言えただろう。なんて。

「ごめんってば」

「本田さ、……ばか、ばっ、」

「わかった、わかった」

笑う本田さんが頭をさわさわ撫でてくれる。兄弟のように。優しい先生のように。

「いこうか。……いやだけど」


『Kaze』は駅まえにある静かなコーヒーショップだった。白い木造のおしゃれな建物で、店内をうかがうと、カウンターに若い男の店員さんがひとりいるものの浅木さんの姿はない。

「ここ、うちの大学の近くだよ」と本田さんが。

「そうなんですか？」

「大学の奴らが、よく待ち合わせなんかにつかってる。俺は初めてきたし、金輪際《こんりんざい》こなくなるだろうけどな」

最後の、な、だけ語気鋭く言った。……先行き不安になりながら本田さんとなかへ入って、正面のカウンター席へ腰掛けた。横のショーケースにずらっと並んだコーヒー豆から、いい匂いが漂っている。コーヒーの濃厚な香りが身体に染み渡る感じって、好きだ。

「いらっしゃいませ。こちらをどうぞ」

店員さんがメニューとお水をくれると、僕たちはふたりで相談して、本日のおすすめコーヒーを注文した。「かしこまりました」とコーヒーを用意し始める店員さんに、訊いてみる。

「あの、すみません。今日は浅木さんはいらっしゃらないんですか?」

「? 浅木のお知り合いですか?」

「はい。僕『潮騒』というレンタルショップでバイトをしてて、浅木さんにお世話になってます。先日こちらのお店のことをうかがって、お会いできるかと思ってきたんですが……」

すると店員さんは「ああ」と思いあたったような顔をして「優太郎君ですね」と僕の名前をくちにした。

「話は聞いてましたよ。『潮騒』のかわいい店員さんがきてくれるかもって浮かれてました」

「へっ」

「ただ生憎《あいにく》、浅木は本日お休みをいただいてるんです。せっかくきてくださったのに、すみません。ちゃんと伝えておきますね。かーなりがっかりするだろうけど」

ははは、と店員さんが人懐っこい表情で笑う。本田さんは飲んでいた水のグラスをダンとおきざま、僕をじろっと睨んできた。〝自分の店の店員にまで話してるのかよ、あの客〟と訴えてるのがよくわかる。厳しい視線に噴《さいな》まれながらも、僕はおずおずとケーキの入った箱をおいて、店員さんにすすめた。

「すみません。じゃあ後日改めてうかがいますので、これだけ召しあがってください」

「あら。ご丁寧にありがとうございます。召しあがるってことは、お菓子かなにかですか？」

「ケーキです。母の手づくりで日保《ひも》ちしないから、冷蔵庫で保存していただけると……」

店員さんが、どれどれ、と箱をあける。

「わっ、すごい。ショートケーキとシュークリームだ。おいしそう！」

くだけた口調で喜んでくれたあと、「今夜僕も一緒に食べさせてもらおう～」と鼻歌まじりに微笑んで、カウンター奥の冷蔵庫にしまった。慇懃《いんぎん》な態度を崩すタイミングが絶妙で、無邪気さがするっと心に馴染む。接客上手な話しやすい店員さんだな、と思っていたら、彼はコーヒーカップをふたつ並べて、

「――で、失礼ですけど、キミ、本田君だよね」

と、本田さんを見てにこっと笑んだ。え、知り合い？　と驚いたものの、当の本人は眉間にシワを寄せて訝《いぶか》しんでいる。

「どうして俺のこと知ってるんだよ」

「ひどいなあ……同じ大学で学部も一緒でしょ？　俺は綾瀬《あやせ》シヅキ。まあ、話したことはない

けどさ」

綾瀬、シヅキさん……。そうか。大学が近いのならバイトしてる人もいるわけか。

本田さんは右手をくち元にあてて綾瀬さんを観察しつつ思い出そうと試みたようすだけど、やっぱり憶えてないらしい。

「ごめん、わからない」

「あっはは。いいよ。俺のほうこそいきなり声かけて悪い。噂の本田君が男の子と一緒に店にきたから、おもしろくって、ついね。女の子なら驚かなかったんだけどさー？」

〝噂の本田君〟？

「こいつにくだらないこと吹き込むな」

本田さんが不機嫌そうに一蹴《いっしゅう》して、綾瀬さんも「悪かったたって」と肩を竦める。

それからフォローするように、本田さんは短く教えてくれた。

「ほら、ミサキの件があっただろ？　あのせいで大学でも一時期、変な噂たてられてたの」

「ああ……。ミサキさんは、もう大丈夫なんですか？」

「あっちはケリつけたよ」

その〝ケリ〟がどんなものかは、訊ね返すのを許さない圧力があったので、くちを噤む。

するとテーブル席のほうから「綾瀬、コーヒーおかわり」と声がかかって、綾瀬さんも「はいはい」と気安い笑顔で応じた。こっそりうかがうと、綾瀬さんや本田さんと同年代ぐらいのカップルが楽しげに話している。目が合ってしまった瞬間「本田がガキと……」と、ちいさく嘲笑が聞こえた。

すかさず本田さんが、優太郎、と僕に身を寄せる。

「知り合いがいたらごめんな。無視していいから」

……ここは本田さんのテリトリーなんだ、と思った。本田さんの横に、高校生で男の僕がいれば、みんな奇妙に感じるんだ、とも。こんなに近くにいるはずなのに、見えない手に引き離されたような疎外感が襲ってくる。

「残念だったな、彼に会えなくて」と本田さんが唐突に言った。

「え……浅木さんのことですか?」

「ほかに誰がいるの」

「です、よね。でも……その、場所もちゃんとわかったし、またきてみます」

次はひとりでくるべきかもしれない、とすこし沈んだ気持ちになった僕を、本田さんが頬杖突いて見返してくる。

「ふうん。ひとりでくるんだ」

言い淀んで、僕も見返した。本田さんを誘いたくてもバイトも忙しいだろうし、変な偏見に晒《さら》して迷惑をかけたくないし、と思い悩んでいると、彼は「あっそ」と視線をよそに投げた。

「またママにケーキつくってもらって、あの人とふたりでいちゃいちゃ食べれば」

「いちゃ、って」

「邪魔者がいないほうが楽しいだろうしな」

なんか、もう……。

なんでこの人はこうなんだろう。嬉しくて、どうしたらいいのかわからなくなる。

僕たちは年齢も背格好も違う。それを不思議に思う人だっているのに、本田さんだけは周囲の反応なんて気にもせず、僕自身を見て、独占欲に駆られて拗ねたりしてくれる。男だろうと、星好きだろうと、遊びやイタズラを知らなかろうと、バイト仲間として大事にしてくれる。

僕の世界や心をひらいてくれるのはいつだって本田さんで、こんな途方もない苦しさや幸せを教えてくれるのも、本田さんだ。

「……本田さん、」

彼の服の袖をくいとつまんだら、触ったこともない心地いい素材の感触でまた胸が痛んだ。

振りむいたその唇が、尖ってる。

「次もまた、本田さんときたいです」

「次？」

「うん」

「次の次は？」

「……次の、次も」

「次の次の次は？」

大好きだ、ばか。

「本田さんがいないならこない」

「よくできました」

やっと綻《ほころ》んだ表情はほんとに嬉しそうな満面の笑みで、僕はしがみついて大好きだって叫びたい衝動を懸命におさえこんだ。

……好きだ、って告白したい。コーヒーの香りを吸って、空気にまでまじるほろ苦い味を胸の底で感じながら、この幸福感が勇気に変わるのがわかった。

もうちゃんと言おう。この人にならどんな反応をされても、小学生の頃のように自分の殻に閉じこもろうなんて思わないし、叶わなくても好きになった気持ちをずっと大事にして、ひとりで成長していける。僕はそれだけ、幸せにしてもらった。帰りに言おう。……そうしよう。

「優太郎、なに考えてるの」

「え、ううん。なんでもないです」

「あの人に会えなかったのが、そんなに残念なの」

真剣に訊いてくれるから、苦しくなった。

「なに言ってるんですか」

苦笑して流したら、綾瀬さんが「どうぞ」と僕たちにコーヒーと、タルトをひとつくれた。

「優太郎君にはサービスね。うちの自慢のいちごタルトだよ。今度またきてくれたとき、浅木に感想を言ってあげてください」

「す、すみません」

生クリームがこんもり盛られたタルトの横に、綾瀬さんがフォークをふたつ置いてくれる。

「どうせ本田は甘いもの苦手でしょ?」と、にまっとして離れていくと、本田さんも怒るでもなく「俺はいいから好きなだけ食べな」とすすめてくれた。

頷いて、ありがたくコーヒーとタルトをいただいておいしさに感動する。

「クリームが濃厚で、すごくおいしいっ。本田さんもひとくち食べてみる?」

「俺はあの人と仲よく感想なんて言い合いたくないからいいです」

つんとする横顔を睨み据えて、また恋情を持てあましていたら、視線だけ僕にむけた彼が、ふっと苦笑した。

「ばか……くちの端にクリームついてるぞ、子どもかよ」

「えっ」

「はやく拭かないと舐《な》めてやる」

一瞬で想像した彼の舌先の感触に、かち、とかたまってしまった。そんなの恋人みたいだ、とうっかり思ったが最後、頬が猛然と熱くなってきて、胸までかっか燃えだす。

僕の動揺を察知した本田さんが、目を細めて唇でにやりと笑い、にじり寄って左腕を摑んできた瞬間、背後でカランカランと店のドアがひらいてお客さんがきた。

「いらっしゃいま……あ、チサ」

「シヅキ、おつかれ〜。がんばってる？」

綾瀬さんの知り合いらしい。振りむくとショートボブの大人っぽい女の人がいた。

きれいな人だな、とぽつんと思ったら、彼女が本田さんを見つけて「あ〜っ？」とずかずか近づいてくるじゃないか。

「裕仁だ！　珍しいね、あんたがこんなところにいるなんて〜」

ひろひと。名前で呼んだ。

本田さんはそれとなく僕から手を離して、彼女に、しっし、と左手を振る。

「今日は連れがいるの。邪魔するなよ」

「連れって……——わ、かわいい〜。高校生？　はじめまして、わたし飯田《いいだ》チサです」

こいつと学部が同じなんですよ、とチサさんが朗《ほが》らかに挨拶をくれた。僕も反射的に「僕は、本田さんのバイト仲間です。坂見優太郎です」と、自己紹介してしまう。活発で壁がなくて、他人をぐいぐい引き寄せるエネルギーを感じる人だ。圧倒される。

チサさんは本田さんの横の席に当然のように腰掛けて、呆れた口調になった。

「裕仁ってば、今度は年下のこんな純真そうな男の子にイタズラしてるのかあ。やだねえ」

「おまえ変なこと言うなよ」

本田さんの文句も無視で、綾瀬さんに「いつものね」と注文すると、今度は本田さんを挟んで僕に声をかけてくる。

「優太郎君、わたし裕仁と高校のときから一緒だから、なんでも聞いて」

「こ、高校から……？」

「わっるい話しかないけどね～？」

肩先で本田さんをつついて、チサさんが楽しそうにからかう。本田さんも苦笑して「余計なこと教えるなって言ってるだろ」とチサさんの額を押した。「よしてよっ」と、チサさんが本田さんの手を摑むと、もはや誰も介入できない仲のよさでじゃれ合い始めた。

え、と言葉を失った。『潮騒』の休憩中の電話相手にも、ミサキさんにも、ギャルふうのお客さんにも、どの女の人にも見せたことのない本田さんの砕けた姿が、そこにあった。

ふたりが「聞いて優太郎君、この人ね～」「こら」と揉み合って、本田さんがチサさんのくちをおさえる横で呆然としていると、見かねたように綾瀬さんが近づいてきて教えてくれた。

「あのふたり、高校の頃に付き合ってたんだよ」

……納得が、ひりひり痺れながら心に沁みこんでいく。

チサさんが本田さんを名前で呼ぶのも、本田さんがやけに親しそうに笑う姿も、景色や胸にしっくり馴染んだ。本田さんの横にチサさんが寄り添うためにこの椅子がつくられて、チサさんが本田さんと並ぶためにこのカウンターテーブルが設置されて、ふたりを包むためにコーヒーの香りがあった。その事実を、綾瀬さんもほかのお客も、みんな認めてるのが、わかる。

「ていうか、わたし裕仁に話があったんだ」

「なに」

「ミサキさんのこと。あのあと休学したんだって。どうするつもりなの？」

チサさんもミサキさんの件を知ってるんだ。それほど大学内で目立つ事件だったからか、単にふたりが親しい間柄だからか、僕にははかりかねた。本田さんは平然としてる。

「男と揉めたぐらいで休学って、幸せな奴だな。まあこっちもやっと安心して生活できるよ」

「あんたね……ちょっとは反省しなさいよ」

「俺は関係ないだろ」

「関係ない～？」

くる、と僕にむきなおった本田さんが、教えてくれる。

「被害届だしたんだよ」

「えっ。それって、警察沙汰……」

「家のドア叩いて暴れて、外からガラス窓も割られたから通報したの」

「えぇっ。本田さんは怪我しなかったんですかっ？」

大事件じゃないか、と焦って本田さんの顔や身体を確認していると、彼は嬉しそうに微笑んで、僕の頭を撫でた。

「大丈夫だよ」

大きな掌から体温が伝わってくる。ミサキさんの愛憎と哀しみより、本田さんを真っ先に心配した自分は、残忍で強欲だと思った。

「裕仁はわたしがまた付き合って根性叩きなおしてあげないといけないなー」

チサさんが言って、本田さんの手が頭から離れていく。

「おまえは俺の身体以上を求めてくるから面倒くさいんだよ」

「大切なのは心なの。なによ、いまだにキスはするくせに。このキス魔」

……え。

「チサ、いい加減なこと言うな」

「本当のことですー」

いまだにキスはするくせに——。

唇に本田さんとしたキスの感触が戻ってきた。つむった目の奥で見た、彼の強引で熱い舌先が、自分を求めてくれているんだと感じた、あの甘やかな自惚れは、僕だけに与えられたものじゃないことを、いまさらになって理解する。

コーヒーカップをおさえる指も動かせないまま、琥珀色の液体を見おろした。そうだった。この人が僕に優しく笑いかけてくれた日でさえ、女の人を抱いてるってこと、忘れてた。

「ゆう、」

ふいに呼ばれて顔をあげると、本田さんが僕の指先をつついて言った。

「チサは天文部にいたんだよ。星の話してみたら？」

彼の屈託のない笑顔が霞む。感情が意識が、落下していく。……そうか。そう、なのか。

チサさんだったんだ。

本田さんに星の話をした人。那覇に南十字星を見にいった人。春の大三角の名前を、そらで言えるまで繰り返し教えた人。

どんな夜を過ごしたんだろう。一等星の名前を語るチサさんの横で、この人はどんな顔をして聞き続けたんだろう。『潮騒』の歓迎会の日の夜も、僕の隣を歩きながら思い出していたんだろうか。チサさんと星を見あげて過ごした、ささやかな夜の情景を。

「優太郎君も星が好きなの？　嬉しい、話そう話そう！」

「は、はい。僕も……嬉しいです」

なぜだか唐突に、本田さんとプラネタリウムへいった日の記憶が蘇ってきた。

きらきら瞬く雨のなかを歩いたこと。

あたたかい会話のようなキスを教えてもらったこと。

僕が女の子ならこのあとえっちしたの、と問うて、ばか、とこたえてくれたときの笑顔。

「チサ、気が合うからって優太郎に手ぇだすなよ」

「は？　安心しなさいよ、わたしはまだどっかの厄介な男に片想いしてるから」

泣くよりも笑わなきゃいけない時間のほうが、心は何千倍も痛い。


夕暮れ時の空は、星がくっきり浮かび始めるから好きだった。

目映《まばゆ》い夕空のむこうで、赤々と熟した太陽が今日最後の光を降ろしている。

散歩して帰ろう、と言いだしたのは本田さんで、僕たちは川沿いの土手を歩いていた。左横に並ぶ本田さんも、僕も、あかね色に照っている。

一歩すすむたび、石ころを踏むじゃりっという音が響く。

太陽がうつりこむ川面には飛沫《しぶき》が白くちらちら輝いてきれい。

子どもも元気いっぱいに走りまわって、犬も草のあいだを駆けている。

「チサとは、」と本田さんが切りだした。

「チサとは高校二年の終わり頃から数ヶ月付き合ってたんだよ。三年になって受験勉強に集中し始めたら別れたけど」

返事をするまでに、三歩歩くほどの間ができた。

「チサさんは、まだ好きだって言ってましたね」

「ン〜……でもあいつも大学入ってから何人かと付き合ってたしな。あいつにとって俺は初めて付き合った相手だったから、変な思い入れがあるんじゃない？」

さりげなく、僕の歩調に合わせて歩いてくれる。貴方が好き。

「本田さんも、チサさんのこと、嫌いじゃないでしょ」

〝好きでしょ〟より〝嫌いじゃないでしょ〟のほうを、くちが選んだ。

「そうだな、まあ付き合いやすかったのは確かかな。いま思えば、あの頃はお互い受験で切羽詰まってたから、恋愛云々のぐちゃぐちゃしたことやってる余裕なかったんだってわかるし」

素っ気ない口調の底に、思いやりを隠すところが好き。

「本田さんが恋愛らしい話をするの、初めてだ」

「ああ……心境の変化かな？」

らしくないな、と照れくさそうに続けて苦笑する横顔が、好き。

ただ並んで歩いているだけで、こんなにも容易く、好き、が増えていく。

もうだいぶん歩いたな、と思いながら川面の先に半分沈んだ太陽を見遣ると、左腕を引き寄せられて、振りむいたせつなに唇を塞《ふさ》がれた。

下唇をはんで、吸いながらゆっくり離す。一瞬の、永遠みたいなキスだった。

「チサのこと、嫉妬してくれた……？」

そう問うた本田さんの表情が、夕日のせいで見えない。声は、すこし笑ってた。

「本田さん、」

「ん？」

チサさんを恨めるほど、この人は僕のものじゃない。

「もう僕に、こういうことしないでください。ふざけてないで、人の気持ちにきちんとむき合ったほうがいいです。ミサキさんみたいな人が増えないためにも」

優太郎……、と本田さんが低く洩らした。

「みんなキスも身体も、もっと大事にしてますよ。身体と心は、べつじゃないと思います」

「優太郎も怒ってるの」

「男の僕と、女の人は違うでしょう」

「チサと付き合えってことか」

どうか僕の顔も、夕日に隠れていますように。

「……俺だけなんだな、嫉妬するのは」

「本田さんが、好きだから言ってるんです。——好き、だから」

思っていたのとは違う告白になったけど、後悔はなかった。


あのあと、僕たちは黙って歩き続けた。

夕日が夜の色へかわって、駅へつく頃にやっと、本田さんは「わかった」とだけ言った。

なにを、とは訊き返せないまま帰宅して、勉強に集中しているうちにテストも終わり、もう『Kaze』へいってから十日経つ。

久々に『潮騒』へ出勤する今日は、まだ午後三時で日差しも軽く、風も冷たく澄んでいた。歩きながら心がまっすぐ想うのは、本田さんのこと。

会いたかった。とくに話したいことはないけれど、ただ傍で存在を感じたかった。

「こんにちは」

挨拶して入っていくと、カウンターにはハルちゃんと双葉君がいた。

「坂見君、おつかれ」「坂見久しぶりー」と返事をもらって近づいたら、視界の右隅に人影が掠めて、あっ、と足がもつれそうになった。ブレた眼界のピントが徐々に合って、息を呑む。

……奥の棚のまえに、本田さんと、チサさんがいた。

ふたりの表情が怖いぐらい真剣で、逃げるようにその場を離れると、バックルームへむかう途中でハルちゃんに「坂見くぅん」と、呼びとめられた。

「本田君、いたでしょう」

にやけ顔で人差し指をくいくい動かして、ふたりが話してるほうをしめす。

「……いた、けど」

「変なんだよ、本田君。今日のシフトは夜だったのに、いきなりきて朝十時から働いてんの。誰か会いたい人でもいたのかねえ?」

余計なことを言いそうになったから、無視した。

バックルームへ入ってロッカーのまえで深呼吸する。鞄をしまって細く息を吐くにつれ、脳裏に本田さんとチサさんの姿が鮮明になっていった。

どうしたんだろう。記憶にある限り、いままで本田さんを訪ねてきた女性のなかに、チサさんはいなかった。付き合いだしたんだろうか。昔の恋をやりなおすために。

それが、本田さんのこたえなのだろうか。

「優太郎」

呼ばれて我に返ったら、出入りぐちのところに本田さんが立っていた。

見つめ合ってかたまって、なんでか言葉を発せないまま、ふたりで時間を無駄にした。

「……テスト、おつかれ」

先にくちをひらいたのは本田さんで、ぎこちない笑顔をくれる。

「ありがとう、ございます」

でもそこから、また会話が続かない。

風音が横切って、窓が揺れた。ハルちゃんたちの「いらっしゃいませー」という声も響いてくるとようやく、意識が分別を取り戻し始める。

僕はおもむろにエプロンを取って、制服のうえから身につけた。本田さんもうしろ髪を掻きまわしながら、横へくる。

「今日はたまたま時間があいたから、はやめにきたんだよ。人数足りてないって聞いてたし……。ふらふらしてるより働いたほうが金になるしな」

訊いてもいないのに、言い訳みたいなことを言った。

「……そうなんですね。本田さんも、おつかれさまです」

「休みのあいだ、どうしてた」

「勉強して、へとへとでしたよ」

本田さんは？　って、訊けない。

「優太郎は頭よさそうだけどね」

「いえ。……バイトを許してもらってるぶん、成績を落とさないために必死です」

「ふうん？」

本田さんはこのうえないぐらい幸せそうに微笑んでいた。チサさん、きてましたね、とさりげなく、しれっと言えるタイミングをはかりながら、僕は心が萎んでいくのに気づく。

この人の幸福を祈れないような恋が、したかったんじゃない。ない。ない。——ないんだ。

「本田さん……いま、チサさ、」

「優太郎……俺、おまえのこと、」

思いがけず、お互いの言葉がぶつかった。

ふたりして驚いて、僕の「なんですか」と訊き返した声と、本田さんの「え、なに？」と言う声とが、またぶつかる。

ぷっ、と吹いて苦笑いしたのも同時だった。

「ごめんなさい。本田さん先にどうぞ」

「いや、いいよ。優太郎から言ってよ」

「でも、」

「いいから、いいから」

で、今度は譲り合いになる。押し問答を続けるのも嫌だから、僕は「じゃあ、」と自分の質問をさっさと片づけることにした。

「いまここへくるとき、チサさんのこと見かけたんです。思い詰めたようすだったから、どうしたのかなと思って」

「ああ……」

見られてたのか、と本田さんが小声で呟いて視線を横に流した。苦々しい表情。

「すみません、変に詮索するつもりはなくて、」と右手を振ると、

「優太郎、もしかしてチサのこと好きになったの?」

なんて訊かれた。しかもかなり凄みのきいた面持ちで。

「な、なりませんよ」

「あいつとは星の話もできるし、楽しそうにしてただろ」

「星の話が、楽しかっただけです」

「本当?」

困惑して、

「僕は、年上の人は、気が引けます」

と肩を落とした。同性ならまだしも、女性で年上となると接点がなさすぎて免疫がない。一度会っただけで恋愛に発展するわけがないし、僕の心を占めているのは貴方だ。

「……年上、嫌いなのか」と、本田さんが洩らした。

「嫌いっていうか……そもそも僕は、チサさんの気持ちも、知ってます」

僕が俯くと、またお互いくちを閉じる。

重たげな空気を背負ってエプロンの紐をのろのろ結んでいたら、たっぷり一分ぐらいそうしていたのち、本田さんが沈黙を切った。

「さっき改めて告白されたんだよ、チサに。〝昔は子どもだったし時期が悪かった。クリスマスを機にけじめをつけたい。返事がほしい〟って、映画のチケット渡された」

……クリスマス。

「優太郎も叱ってくれただろ？　それで自分にとって誰が大切なのか真面目に考えて、セフレとも関係切った。俺、恋愛とかばかにしてたのに、人を、好きになったんだと思う」

「好き、に……」

「自分でも、まさか、って疑ってたせいか、自覚して認めるのに時間がかかったけど、一緒にいたいし、いると、怖いとも思う。嫌われたくないと思ったのは初めてだった」

視線をそらしてしまった。いままでの行状《ぎょうじょう》を正したいと思うほどに、大切な人。……やっぱりそれだけ、チサさんを好きだったんだ。

「よかった、ですね」

今度は余計な間をつくっちゃいけないとわかって、一息に続けた。

「すごく、いい機会だと思います。今度はちゃんと〝恋愛欲〟にむき合ってみるべきですよ。僕も、もう本田さんに、キスをしろって、からかわれなくなるし。よかった」

「え……」

本田さんは瞬きもせずに僕を凝視していた。だから僕もちゃんと微笑み返した。

やがて前髪を掻きあげて視線をさげた彼は「……そうだよな」と、弱々しく苦笑する。

そうですよ。声にならなかったけど、僕も力強く相槌を打った。力強く。貴方が幸せならいい。幸せなのがいい、と。声には、だせないまま。

「本田さんが言いかけたのは、このことですか？　僕のことが、どうのって……」

「あー……いいよ、忘れた。仕事のことだったかな」

「え、大事なことなら思い出してください」

「ンン、いや、嘘。……ごめん、仕事のことじゃない」

「嘘？」

僕に背をむけた本田さんは、笑いながら手をひらひら振っていってしまった。

「優太郎が嫌がる話。だから、もういいよ」


……これも、失恋、と言うのかな。ぼうっと考えているうち、日々は淡々と過ぎていった。

テスト休みはほぼ毎日バイトを入れていたので、本田さんともたびたび顔を合わせたし、休憩時間が重なればおしゃべりもした。相変わらず星の話を聞いてくれて、じゃれて笑い合うこともある。……関係が、戻ったのを感じた。キスなんてしない〝ふつう〟の、バイト仲間に。

そんな折、浅木さんが来店した。DVDの整理をしていた僕の肩を叩いて、「優太郎君」と呼んでくれた笑顔が、いやにあかるい。

「あ、浅木さん。いらっしゃいませ」

「くるのが遅くなってしまって、ごめんね」

「え?」

「綾瀬に聞いたよ、店にきてくれたんでしょう？　お休みいただいてて、すみませんでした」

頭をさげられて面食らった。「き、気にしないでください」と両手を振って慌てて宥《なだ》める。

「謝られることじゃないし、僕のほうこそ、もう一度うかがえばよかったのに音沙汰なしで、すみませんでした」

「ううん。どのみちケーキのお礼が言いたかったから、会いにくるつもりだったんだよ。とってもおいしかった」

恐縮して僕も「ご丁寧にありがとうございます」と頭をさげた。

目のまえで浅木さんが髪を撫でつけながら微笑むようすが、ひどくしなやかで見惚《みと》れる。懐かしさすら憶えた自分の薄情さも自覚して、反省した。

本当はテストやなんかのごたごたのせいで、浅木さんの店へいったこと、正確には浅木さんに会えなかったこと、を失念していた。ケーキを持っていったのも忘れかけていたから、浅木さんが重く受けとめてくれていたんだと知って、二重にも三重にも申しわけなくなる。

「浅木さんのお店、コーヒーもタルトもおいしくて、居心地よくて落ち着きました。また後日ゆっくりうかがいます」

「ありがとう。次はちゃんと僕がいれたコーヒーを飲んでね」

僕が頷いてこたえると、浅木さんは「それで、」と小首を傾げた。

「実はクリスマスに合わせて、店内を華やかにするから、もし都合がよければ優太郎君にきてほしいなと思って、誘いにきたんだ」

「え……クリスマス、ですか」

「メニューにチキンや限定のデザートを追加してるし、雰囲気だけでも楽しんでもらえれば嬉しいな。もちろん特別な日だから、無理強いはしないけど」

彼の意味深な声が、虚しくとおりすぎていく。けれど頭では、しっかりと本田さんとの約束を想っていた。

『優太郎、クリスマス、俺と会ってくれる？　――優太郎の都合がよければ会おうよ。予定があるほうがほかの誘いも断りやすいし』

『だけど、バイトは、』

『お互い入ってるなら仕事が終わってからでかければいいだろ。遅くても十九時あがりにしてもらってさ。女と会うよりも、男友達といるほうがらくだしな』

……会いたい。会いたかったけど。

本田さんには、チサさんと会う約束がある。大事な日だ。

「僕は……、」

あのとき本田さんは、楽しみにしてるよ、と言ってくれた。夢みたいな約束をくれた優しい笑顔を、ちゃんと憶えてる。たとえ今後どれだけ時間が経過しても、心だけは、あんなに熱い喜びに震えたことを、絶対に忘れない。

「優太郎君……？」

浅木さんに心配そうに顔を覗きこまれて、はっとした。

「すみません、ちょっと、考えごとを、」

「不都合だったかな？　返事は急かさないよ。気にとめておいてくれるだけでいいから」

浅木さんの思いやりに触れているうちに、感傷がやわらいでいく。

本田さんがいなくなった箇所を、こうして埋めてくれる存在があるんだと思った。本田さんのかわりなんていないけど、今後は自分を支えてくれる大切な人たちと過ごしながら、この想いを胸の奥底に沈めていくべきなんだ。たぶん僕は、いまそういう〝とき〟にいる。

「あの……浅木さん、すみません。じゃあ、うかがわせてください」

「本当に？」

「はい。楽しみにしてます」

あとで本田さんにも報告しよう、と決めた。

それから浅木さんがＤＶＤを選ぶのに付き合って会計まですませると、挨拶して見送った。

「ありがとう。またね、優太郎君」

「はい、また」

ちょうど双葉君が休憩から戻ってきて「こーたい」と肩を叩いてくれたので、息をついて移動する。バックルームには本田さんがいて、テーブルの椅子に腰掛けてコーラを飲んでいた。

「おつかれさまです」と挨拶して横に座ったら、会釈した彼は僕にペットボトルをむけた。

「飲んでみる？」

なんで、と思ったけど、吸い寄せられるように受け取って飲んだ。冷たい炭酸の液体が喉を弾いて、しゅわしゅわ落ちていく。

「おいしい」

「間接キスだな」

　本田さんがどことなく投げやりに苦笑した。僕は生々しいキスの感触を想い出して返事ができなくなり、ペットボトルをそうっと彼のまえに返す。

「優太郎のほっぺたって柔らかそうだよね」

「な、んですか、いきなり」

「触らして」

「んあっ、あ、」

　両頬を掌でやわやわ揉んで「あはは」と笑われた。「いたい」と抗議したら、

「ほっぺたぐらい触ってもいいだろ」

と非難がましい口調で言われる。……なんだろう、ぐらい、って。

「じゃあ本田さんのほっぺたは？」

　お返しに、僕も両手でぐいぐい撫でてやった。

「いたっ、いたいってば。乱暴だな優太郎は……もっと女を抱くみたいに、こう、ふわっと」

「なっ……知りませんよ、そんなの」

　掌の真んなかに、本田さんの体温と手触りが残る。その感触がすこしずつ消えていく途中に、冷たくて深い寂寥が去来した。

　どうして心にはブレーキがないんだろう。傍にいれば、好きでしかたなくなる。触ってしま

えば、自分のものじゃないと思考しながら、心の奥の隅の、誰にも内緒にしているところが、欲しい、と想ってしまう。たがが外れて、昔より貪欲になっていることも、思い知る。

僕が『潮騒』を辞めて、距離が確実にひらけば変われるのかな。本田さんは就職活動で忙しくなり、僕は大学受験で勉強にあけ暮れる。気づかうほどに疎遠《そえん》になって、環境が僕たちを他人に戻していくのは明白だ。本田さんが受験のとき、チサさんと別れてしまったのと同様に。

「あーあ。優太郎にあげたら、コーラがミルクくさくなったな」

「う、嘘だ」

今日の本田さんは微妙に不機嫌だ。でも僕には言わないといけないことがある。溜息まじりに切りだそうとしたら、先に本田さんのほうが「浅木さんきてたな」と突慳貪《つっけんどん》に言った。

「優太郎、あれからまた店にいったの」

語尾の響きが問いかけじゃなく〝いったのかよ〟に似た投げつけかたで、啞然とした。

……もしかしてそれで不機嫌だったの。本田さん。

『次もまた、本田さんときたいです』

『次？』

『うん』

『次の次は？』

『……次の、次も』

『次の次の次は？』

いってないよ、約束だったから。忘れかけてたんだよ、浅木さんのことすら。感情の全部が非道なぐらいずっと、貴方にしか動かなくて。

「……浅木さんは、あの日渡したケーキのお礼を、言いにきてくれたんですよ」

「わざわざ？」

「うん。それと、クリスマスにお店へおいでって誘われました。特別のメニューを用意して、華やかにしてるからって。僕、いくつもりです」

もう本田さんの嫉妬に惑わされたらだめだ、と思った。この人が変わらなくても、僕は変わらなくちゃだめだ。甘えて従い続けたら、いつか僕のほうが、チサさんにまで迷惑をかける。

「俺と約束しただろ」

本田さんは見る間に鬼の形相に変貌していった。

「そうだけど、本田さんは、チサさ、」

言葉を遮ってたたみかけられる。

「ふつう先約優先するだろ。勝手に約束を反故《ほご》にしてんなよ」

「でも、本田さんが先に、」

「あいつなんなの？　たった数回しゃべっただけの店員に、なんでここまで執着するんだよ」

怒りの矛先《ほこさき》が浅木さんにむかうと、僕も憤慨した。

「浅木さんの悪ぐちは言わないでくださいっ」

「どこが悪ぐちだよ、正論だろ？　おまえはおかしいと思わないのかよ」

「おかしくなんかありませんよ」

「なら説明してみろよ。好かれるようななにをしたんだよ。そんなに立派な接客したのかよ」

「……それは、」

「あいつのなにを知ってる？　なにを教えた？　なにを信頼できる？　言えよ。俺を納得させろよ。そうしたらあいつのところにいかせてやるよ」

　正面から威圧されて、僕も拳を握り締めた。自分はどうなんだ、と苛立ちがつのった。チサさんといたいって言ったじゃないか。怯えたのは初めてだって、教えてくれたじゃないか。

「おかしいのは本田さんでしょ……？　人を好きになったって言ったのは嘘だったんですか？　僕はチサさんに譲ったんです。譲りたいんです。〝いかせてやる〟なんて、言われたくない」

　幸せな、宝物みたいだった約束が汚れていく。

　本田さんが奥歯を食いしばって、僕の左腕を掴んだ。頬が震えるぐらい、睨んでくる。

「……だったら、おまえと二十四日のイブに会う。チサとは、二十五日のクリスマスに会う」

　唸るような低い声。僕も下唇を噛んで、眼光鋭く責め返した。

「じゃあ僕は、二十五日に浅木さんとこへいく」

「だめだ！」

どうしてっ、と抗っても、本田さんは僕の腕をかたく束縛して離してくれない。悔しくて腹が立って、肩を押し離そうとするのに、至近距離に引き寄せて「いくな」とまで命令する。

「二十四日、七時に『潮騒』にこいよ、わかったな」

椅子を蹴って立ちあがると、本田さんはロッカーにコーラを投げ入れて去ってしまった。

僕は憤然と身を震わせながら、津波のような激情が溢れだすのに気がついた。一気に押し寄せて、全身を覆い尽くす熱。偽りきれない、本当の感情。

僕は最低だ。

こんな喧嘩をしておいてなお、本田さんと過ごせるのが怖ろしいぐらい嬉しいと感じてる。浅木さんまで巻きこんだのに、二度とふたりで会うことはないと思ってたから、嬉しい。

譲りたいと訴えたくせに、こんなのはふざけた矛盾だ。矛盾だけど、最後の最後。これからどんどん疎遠になっていくであろう本田さんと過ごす時間が、欲しかった。

……握っていた手が痺れて痛い。赤く変色した左の掌を右の指で包んで、目を強く閉じた。

翌日から本田さんは僕をさけた。目を合わせず、声もかけず、同じ場所に一分以上とどまらず、神経を鋭く研ぎ澄ませて僕の気配をまっすぐ意識して、逃げる。

そんな僕らのようすにハルちゃんが気づかないはずもなく、僕と入れ違いに休憩を終えてバックルームをでた本田さんを目配せして、

「王子さまは、なんで拗ねてるの？」

と、にんまり笑った。

「……王子さまって、なに」

「孤独な王子さまって気がしない？　本田君」

僕が顔をしかめると、また、にいっと唇を引きあげて続ける。

「本田君はさ、せつな的なものしか見たことも経験したこともないから、絶対的なものを知っちゃうと人一倍不安に駆られるんだよ。で、猛烈な独占欲と罪悪感の塊になる。心が子どものままとまってる、孤独でプライドの高い人なんだよね」

得意げに話すハルちゃんを、僕は睨んでいた。陰で揶揄《やゆ》するのは、卑怯だ。

「誰だって、過去の経験とかトラウマの影響をうけて成長してくんだよ。僕だってそうだよ。それで、心の隙間を埋めてくれる誰かを探したり、好きになったりするんじゃんか」

「坂見君、」

「ハルちゃんが本田さんをどう思っても自由だよ。本田さんだってそう言うと思うよ。でも僕のまえで悪く言うのはやめてほしい」

……本田さんが僕をさける理由を、僕は恐らく、半分以上正確に、理解している。なぜなら

自分も、たぶん同じ気持ちだから。

僕たちは一緒にいたいんだ。独り占めだってしたい。けれどそれを上手に伝えられない。無理に伝えようとすれば、もどかしく絞りだした言葉で衝突してしまうから、さけるしかない。会いたいから離れて、独り占めしたいから怒鳴って、大切だから逃げる。逃げながら僕たちはばかみたいに必死に、想い合ってる。

矛盾に阻まれるのは、僕たちの〝ふつう〟が違いすぎるせいだ。それで結局、お互いがお互いに背を向けた格好で、好きなままでいる。

恋情と、友情の違いは、ともかくとして。

「落ち着いて坂見君。キミ、本田君に〝キスしろよ〟なんて迫られるぐらい好かれてたから、僕は〝嫉妬深い相手と付き合うのは大変だねえ〟ってからかったつもりだったんだけど？」

俯いて、胸の左側で静かに鼓動している心臓をおさえた。

「……本田さんの嫉妬は、恋愛とは違うよ」

「え？」

「だって……本田さんはいま、恋愛のこと、真剣に考えてる相手がいるんだから」

はやくまた〝ふつう〟のバイト仲間に戻りたい。本田さんも本心ではきっとそう望んでる。イブまで日がない。

二十四日は終業式でバイトも休みだった。七時まえ、僕はマフラーをまきながら家をでた。空を見あげて溜息をつくと、息が白くひろがって消えていった。

冷たい冬風が吹き抜けるなか、街は色とりどりの電飾で飾りつけられて輝いている。擦れ違うお母さんと子どもの笑顔。幸せそうに寄り添って歩く恋人たち。

群青色の空にはりつく月も、今日を心待ちにしていた人たちを見守っている。

視界の隅に『潮騒』の看板が見えてきた頃、時計を確認すると六時四十五分になっていた。今日は本田さんだけに会いにきたから、入りぐちと離れた場所に立ってマフラーを整えつつ、新作DVDのポスターをぼんやり眺める。

街の雰囲気はこんなにあたたかいのに、寒い夜だった。手袋もしてくればよかったかな、と手を擦《こす》って、本田さんのことを想う。

すると七時五分まえに、本田さんがでてきた。ファーつきのあったかそうなコートを羽織って前髪を掻きあげ、にぎやかな商店街を眺めて目を細める。

僕の背後で子どもの笑い声が響いて、彼の視線がこちらをむいた瞬間、見つかった。鋭い瞳から、ちゃんときたな、と聞こえた。コートのポケットに両手を入れて、近づいてくる。

「おつかれさまです」と、僕は先に言った。そうしないと、怒られるような気がした。

本田さんは、ふん、に似た、うん、の相槌をくれて、次には「いくよ」と僕の右手を強引に掴んだ。そして手袋のない指を包むように握って、歩き始める。

　このまま息の根をとめてほしいなんて、いままでも星の数ほど願った。

　どこでもいい。どこまでもがいい。連れていってもらえるなら道が途切れるまでついていこう。そう決めた僕を、本田さんは引っ張るようにして歩いて、クリスマスパーティー用の料理セットと、チキンとケーキとシャンパンを買い揃える。

「ほかにもなにか、欲しいものある」

「ううん、十分です」

「飲みもの、ほかにもあったほうがいいんじゃない」

「本田さんがなにか飲むなら、僕も同じのを飲みます」

　コンビニのまえで立ちどまった本田さんは、僕を見つめてしばし考えてから、

「じゃあ酒にしようかな」

と、素知らぬ顔で言った。僕が〝未成年だから飲めない〟と断るのをわかってるんだ。

「……困ります」

　くちを尖らせたら、すこし笑ってくれた。

「大学入学したら、いやでも呑まされるぞ。慣れておかないと」

「いいんです」

「だったらシャンパンも子ども用のほうがよかったかな？」

「それは、大丈夫ですっ」

堪らない、というふうに本田さんが吹きだした。その笑顔を見て、張りつめた空気がほどけていくのを感じた。無言のうちに仲が修復されていく。好きだと想う気持ちに、まっすぐ、一緒に素直になっていく。

「……本田さんが、笑ってくれて嬉しい」

ぽつりと呟いたら、

「ばか」

と、甘い声で心を刺された。

結局、僕たちはウーロン茶をふたつ買って、本田さんの家へ帰った。買ってきた料理をふたりでテーブルに並べて、シャンパンをグラスにそそいで乾杯する。

ベッドに背をあずけるように座って料理を食べ始めると、喧嘩になる話はよけて、不自然なぐらい自然に、あかるい話だけかわした。

「本田さんは、教育実習にいったんですよね」

「いったよ。大変だったけど、楽しかったしやりがいもあったな」

「すごいなあ……僕も中学の頃、教育実習の先生がきたけど、緊張して授業してる姿を見て、心のなかで応援したりしましたよ」

「応援って」

「別れの日には、生徒に色紙をもらったりしませんでした？」

「もらったもらった。〝生徒手帳になんか書いて〟って頼まれて、ひとりずつメッセージ書いてやったりもしたよ」

言いながら、本棚にしまってあった色紙を取って見せてくれた。

透明な袋に入ったままきれいに保管されていたそこには、カラーペンで『本田先生、お世話になりました！』『すてきな先生になってください』などと記されている。まるく愛らしい字もあれば、やけに達筆なものもあって、会ったこともない生徒たちの姿や性格を想像させた。

「研修中、好きだって告白してくれた生徒もいたよ。ええと……ほら、この子」

指で示された箇所には〝先生、大好き。忘れません〟とあった。楽しくお付き合いしたり、ましてやセックスフレンドになったというふうには想像しにくい一文だ。

「本田さんは絶対、不良教師になるよね」

「生徒に手はださないよ」

つん、とした横顔を見て僕が笑うと、本田さんも笑った。

「優太郎はその実習生のこと、好きになったの？」

「お、男の、先生ですよ」

「……そうか」

本田さんが教師になる頃、僕は知り合い程度の繋がりなら保てているだろうか。この人はどんな先生になっているんだろう。生徒になる子も、友だちや恋人も、ちょっと羨ましい。

視線を落として〝大好き。忘れません〟という文字をいま一度見つめて唇だけで微笑んだ。僕も忘れない。本田さんにも、たまに思い出してもらえる存在であれたら嬉しいな。

「ケーキも用意しようか」と言って立ちあがった本田さんが、冷蔵庫からケーキの箱を取りだして、小皿とナイフを片手に戻ってきた。

テーブルの中央におかれた箱をひらくと、クリームがたっぷりついたショートケーキがワンホールでてくる。

「おいしそう……」

「よだれたらすなよ」

笑って、ナイフで器用に切りわけてくれる。ひとつお皿にのせるとサンタクロースの砂糖菓子を飾って「はい」と僕にくれた。「ありがとうございます」と僕が受け取ると、次は自分のぶんを切って皿にのせる。僕がトナカイの砂糖菓子をつまんで飾ってあげたら、彼は苦笑いして僕の額を指で押した。

甘さひかえめのとてもおいしいケーキを味わってひとしきり感想を言い合うと、本田さんが「優太郎」と呼んで、胸ポケットから紙袋をだしてくれた。

「なんですか……？」

手にして首を傾げると、彼は微苦笑する。

「クリスマスプレゼントだよ」

絶句してしまった。……プレゼントは、交換したくないって言ったのに。

「僕、迷惑になると思って、なにも用意しなかったんですよ」

「いいよ。俺もたまたま店で見かけて買っただけだから。ラッピングもしてないけど、もらってくれる」

信じられない……。戸惑いつつ、慎重に袋のシールをはがして、なかに入っているものを掌にだすと、

「見た瞬間、優太郎のこと想い出したよ」

ころりと転がったのは、星の形をしたちいさなガラス細工だった。

「本田さん……」

震える指で触って、呆然とした。忙しいときにわざわざ僕を思い出して、こんな。星の、プレゼントなんて。

見つめていたら、はかりしれないほどの愛しさが迫りあがってきて胸を圧迫した。ガラス細工を両手で包んで下唇を噛んだけど、痛みは強まるいっぽうでとまらない。

なんとか声をだして、

「ありがとう、ございます……すごく嬉しいです」

と言葉にしたら、本田さんは微笑んで胸を撫でおろした。

「……喜んでもらえてよかった」

その表情を記憶に刻みつけておきたいのに、視界が滲んできて慌てて俯いた。目をかたく閉じて、涙を押しとどめた。

出会ってから一年以上。ずっと、この人の孤独そうな背中を抱き締めたかった。

恋愛なんてうさんくさいって言いながら女の人と寝る、浅ましさも許せた。

弟ならよかったのに、と好いて嫉妬をしてくれる身勝手さも、嬉しかった。

適当に結んだエプロンの紐。表情。仕草のひとつずつ。なにもかもが好きだった。

「優太郎……明日、あの人のとこへいくの」

問うてくる声は、もう怒ってなかった。それどころか年端もいかない子どもの、縋るような声に聞こえて、僕はしかたなくなる。恋しくて、しかたなくなる。

好きだ、としかくちが動きそうになくて、ただひたすらに唇を噛み締め続けた。

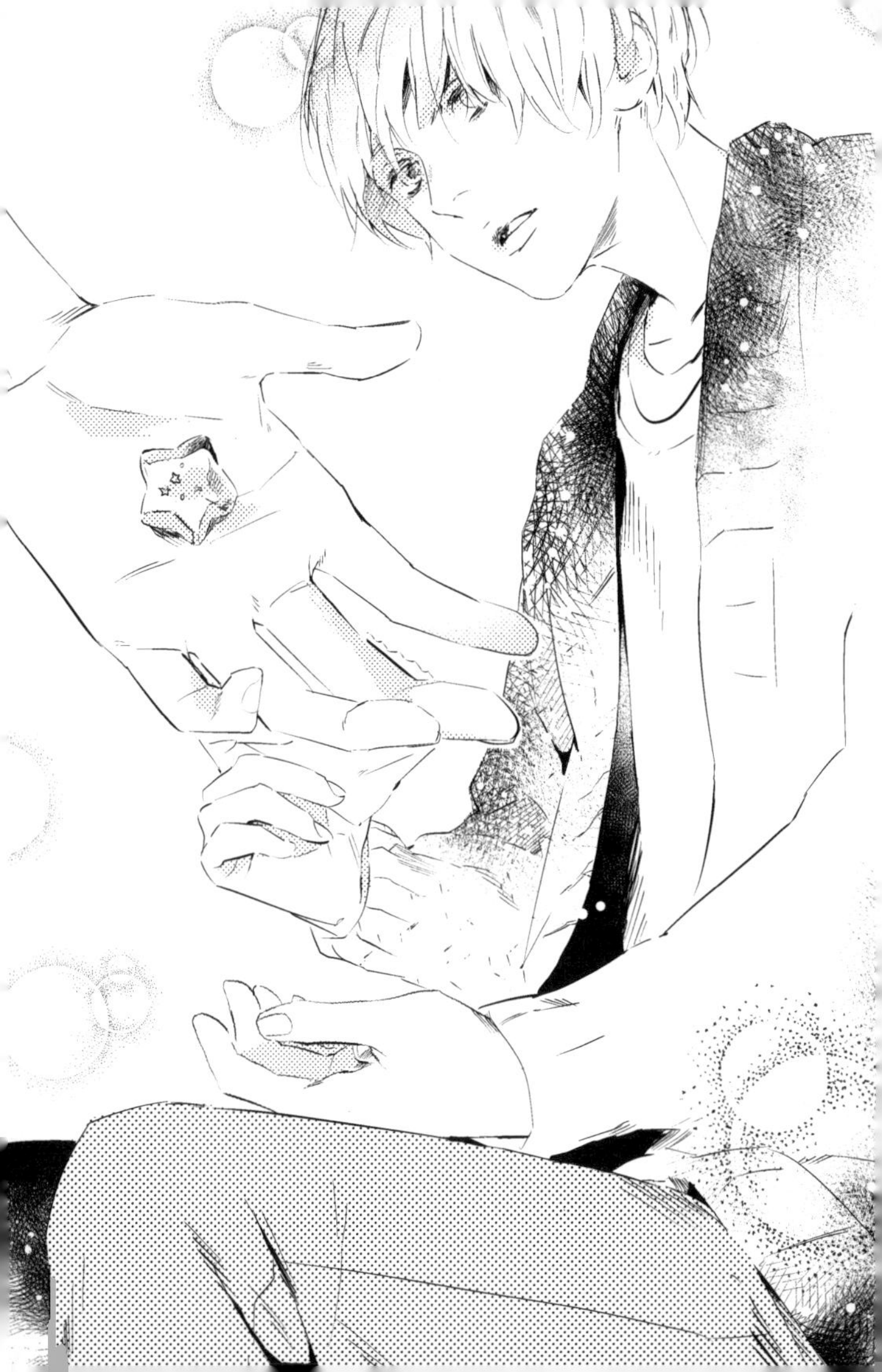

翌日、平林さんにバイトを辞めたいと伝えた。

バイトを始めるときから話してあったので、平林さんもとくに動揺するでもない。

「そうかー……とうとうか、残念だ。一月は忙しいから、一月末までいてくれる?」

「はい、わかりました」

「あーあ、また坂見君みたいな子が入ってきてくれたらいいんだけどな……。大学生になったらまたおいでよ、待ってるから」

動揺せずとも落胆はしてくれて、僕も嬉しくて頭をさげた。

「考えておきます」

あと一ヶ月。これが本田さんとの本当の最後だ。

# 迷うから歩ける

大晦日《おおみそか》も過ぎて、あっさり年があけた。

あの夜の帰り際、本田さんは飲み忘れたウーロン茶を僕に持たせてくれた。

家の冷蔵庫にしまっておいたウーロン茶は、なんとなく飲めないままおいていたら、一月の十日を過ぎた頃、母さんに飲まれて、捨てられてしまった。


ひとつ、忘れられないちいさな出来事がある。除夜の鐘を聴きながら、家族で近所の神社に初詣へでかけた夜、本田さんを見かけたこと。

チサさんとふたりだった。

長い列の先のほうにふたりで並んでいて、ふたりとも似たようなニット帽を被っていて、時々顔を見合わせながら、おしゃべりしていた。

僕の隣では母さんが、ゆうは高校生になっても一緒にきてくれるから嬉しい、とはしゃぐ。

本田さんの顔は帽子に隠れていたし、暗かったせいでよくわからなくて、チサさんが何度か彼の肩や腕をぶって、それをいやそうに払っていた以外、表情も見えなかった。

ふたりはお参りして、おみくじをひいて、帰ってしまった。

付き合いだしたんだな、と思った。自分の傍には家族がいるのに、なぜか孤独感が始終まとわりついていた。そして本当は、初めて、両親とともに行動する自分を恥ずかしがっていた。

ちいさくて些細《ささい》な出来事だ。……ちいさく、些細であるべき、でも忘れられない出来事。

冬休みが終わると、まだお正月の浮ついた気分を引きずりながらも、身体が学校とバイトの日々に馴染んでいくのを感じていた。その間考えていたのは、本田さんに渡すクリスマスプレゼントのお返し。

一週間近く探し続けたけど、腕時計もアクセサリーも洋服もしっくりこない。最後に電車に揺られながら、暮れていく太陽を眺めて思いついたプレゼントは、プラネタリウムのチケットだった。

ところが一月は本田さんも忙しいらしく、シフトがあまり重ならなかった。『潮騒』を辞める日が決まったことを早々に伝えておきたかったのもあって、僕は平林さんに本田さんのシフトを訊いて、ちょうど入れ違いで入っていたその日、帰り支度をすませてからバックルームで本田さんがくるのを待っていた。

椅子に腰掛けて、窓の外で揺れる細くやつれた木々のむこうに、この約二年間を思った。初めて話をした店員は本田さんだった。仕事を教えてくれたのも本田さんだった。辞めても『潮騒』にはこられるけど、このバックルームには入れなくなる。この椅子に腰掛けることも、この窓から外を眺めて本田さんを待つことも、できなくなってしまう。

僕が星を好きなんだと、小学生以来自らうちあけて、受け入れてもらえたのもここだった。

乱暴に、初めてのキスを奪われたのもここだった。

救われて成長して、ひとりの人を幸せにしたいと初めて足掻《あが》いた、大切な場所だった。

「――優太郎、おつかれ」

顔をあげると、颯爽とロッカーのまえにいく本田さんがいた。頬や鼻先を赤く凍えさせて、外の冬の匂いをまとってそこにいる。

「お、つかれさまです」と僕が立ちあがると、彼は鞄をロッカーにしまって「どうした?」と首を傾げた。僕に身体をむけて、やわらかく微笑んでくれる。

「本田さんに、話があって待ってたんです」

「話? ……なんか怖いな」

彼にむかい合って見つめた。指先まで赤いのに気づくと、やっぱり、握り締めたくなった。そんな僕の焦れをよそに、彼はいきなり僕の両頬を掌でぱちっと挟む。

冷たい……!

「あうぅっ!」

「ははっ、寒いだろー」

ぞくぞくっと全身に寒気が走る。びっくりしてちぢんだはずの心臓は、それでもすぐに、熱く鼓動し始めた。指先ひとつでこの人は、僕をどうにでもできてしまう。もし心と心臓が同じものだったならば、僕はいったいいままで何度、この人のまえで息絶えていただろう。

「本田さん、」

　呼ぶと、彼も「なに」と苦笑まじりに、すこし真面目な表情になった。友情に終わりなんかないのに、永遠の別れを言うようで辛かった。

「実は僕、今月いっぱいで『潮騒』を辞めるんです。三十一日が最後になります」

「え……？」

「受験だから、今年に入ったら辞めるって決まってたんです。それで」

　本田さんの親指が、僕の目のしたをなぞった。見つめ合う瞳もちいさく泳ぐ。

「……辞めるのか」

　惜しんでくれているのがわかって、はい、と頷けなかった。俯いた彼の前髪が、僕の額に触れる。「もうちょっとくれよ……時間」と呻く唇を見た。

　え、と僕が洩らしたら、さっと顔をあげた彼は、

「また遊びにいこう」

　そう言った。

「星、見にいこう。バイクで山に。俺が連れていってやるから」

　焦ったようすで切れ切れに誘ってくれるものだから、喉が詰まって、懸命にうんうんと頷いた。頬にある彼の指が、あたたかくなっていく。本田さんが目の前にいるんだと痛感したら、ばかみたいに泣いてしまいそうになった。

「流れ星も見られる。流星群の日じゃなくても。たくさん落ちてくる場所、教えてやるよ」

「うん、」

「何度でもいこう。絶対に」

両頬をつねるように強く包まれて、僕も彼の指先に触れた。もう優しくしなくていい、と言いたかった。ただ忘れないでほしい、と頼みたかった。

その全部をちゃんと耐えて笑って、なんでもないふうに、「あと、」とコートのポケットに入れていたチケットをだす。

「これ、どうぞ」

本田さんの手が離れて、かわりに細長い包みを受け取ってくれた。

「なに……?」

「クリスマスプレゼントのお礼です」

期待と不安半々の面持ちで、包みをひらいてくれる。プラネタリウム、という文字が覗いたタイミングで、僕はもう一度笑って促した。

「チサさんといってください」

僕を見返した本田さんの眉間に、シワが深く刻まれていく。

「……なんでチサ?」

「なんでって、イブの夜、邪魔してしまったし……チサさんへのお詫びにもなると思っ、」

「おまえと会うって決めたのは俺なんだよ」

「だから、チサさ、」

どんっ、と胸を殴るようにしてチケットを突っ返された。げほっ、と咳をして胸をおさえている間に、本田さんの表情が怒りに支配されて、つりあがっていく。

「ならチサに渡せよ。おまえの大好きな浅木さんの店にいけばシヅキが会わせてくれるだろ」

「ほ……本田さん、」

「そんなものいらない！」

容赦なく怒鳴りつけられた。

「おまえには俺を選ぶって考えがないの？　俺のことはなんでいつも二の次なんだよ。詫びるんだったら約束を反故されそうになった俺にしろよ。ちゃんと俺を見ろよ！」

言われなくたって。そんなの、言われなくたって。

「……見てる。見てきたよ、ずっと」

「嘘だ！」

腕を振りあげた本田さんは、ロッカーをばんっと叩いて項垂《うなだ》れた。

「どうしてこうなるんだよ……おまえのズレっぷりにいい加減つかれた。顔見てるのも辛い」

本田さんのくちが震えてる。……怒ってるんじゃない、本田さんは哀しんでるんだ、と理解したときには、手遅れだった。

本田さんが去ってから数分後、僕もなんとか足を動かして、バックルームをでた。

……どうしてこうなるんだ。本田さんが言った言葉を思って、僕も悔やんだ。怒られた意味が判然としなくて、〝俺を見ろ〟と責められたのがやるせなくて、失望に暮れて店をでる。

「あ、優太郎君！」

そのとき、名前を呼ばれた。振りむくと、返却ボックスの横に浅木さんがいた。

「いま帰り？」

「は……はい」

「ちょうどよかった。途中まで一緒に帰らない？」

「え、でも、」

浅木さんがボックスにＤＶＤを入れて近づいてくる。正直、いまは浅木さんの厚意に甘えたくなくて、心の裏側でもうひとりの自分が、だめだ、と叱るのもわかった。なのに、

「落ち込んだ顔してるよ。僕じゃ励ましてあげるのに力不足？」

と的を射られると、断りづらくなってしまった。お客だと思うとなおさら邪慳《じゃけん》にできない。

そして、ええと、その、と迷っているうちに、

「クリスマスに次いで、また断られちゃうかな」

……そこで観念した。

外は雪が降っていた。昼間は粉雪だったのに、夜になって大粒の雪に変わったようだった。

ぼんやり眺めて傘をひろげると、隣の浅木さんの手元に傘がないのに気づく。

「浅木さん、僕の家は駅と反対方向なんですけど……浅木さんはどちらまで?」

「今日は車できてるから、裏の駐車場にいくよ。なんなら優太郎君も、おうちまで送ってあげようか」

「そ、それはさすがに、悪いです」

「僕は嬉しいけどな。やっと落ち着いて、優太郎君と話せる機会ができて」

微笑んだ浅木さんが、小首を傾げる。スマートですこし強引な誘いかたに、大人の余裕や色気のようなものを感じて、僕はほうけてしまった。逃げるすきもなく、絡め取られていく。

「いや?」と詰め寄る彼の、その雪に濡れた指には、本田さんのと似た波模様のリング。

「じゃあ……お言葉に、甘えて」

ばかだ、と自分を罵った。

こぼれそうになる溜息を噛み殺して、とぼとぼついていく。裏どおりにある駐車場で浅木さんの車に乗りこむと、助手席に座って彼を盗み見た。まるでハンドルやギアが身体の一部かのような鮮やかさで、運転を始める。

「寒くない?　暖房をいれたけどすこしのあいだ我慢してね」

「あ、はい。平気です」

……浅木さんといると心が騒いだ。店の外でふたりで会うのは罪深いことのように思えた。本田さんに気をつかう必要は、ないはずなのに。

フロントガラスにぶつかった白い雪が、透明な線をひく。浅木さんに訊ねられて自宅の場所を案内しながら、車はすすんでいく。……そうだ。謝らなくちゃ。

「浅木さん。その、クリスマス、本当にすみませんでした」

あの誘いは、電話ひとつで断ってしまった。

「そうだね、すごく落ち込んだよー……一週間近くぐずぐずしてたら、恋人に拗ねられてね」

「す、すみません」

いえいえ、と左手を振った浅木さんは、顔を綻ばせたまま会話を閉じてしまう。

沈黙が流れた。〝話せる機会ができて嬉しい〟と誘ってくれたのに、しゃべり倒すでもない彼の表情は、ひどく満たされたようすで、ゆるやか。さっき感じた大人の余裕のようでもあるし、孤独のようでもある。

いまさらだけど、浅木さんはこんな人だったんだ。こんな、星のような……。

「優太郎くんは、」

「あっ。……は、はい？」

「ン？　大丈夫？」

「すみません、大丈夫です……」

信号で車がとまって、浅木さんに不思議そうに顔を覗きこまれた。僕が引きつって笑うと、目尻をさげて、ふっと笑い、「煙草を吸ってもいいかな」と胸ポケットを探る。僕は二度頷いて、左手で耳のうえの髪を整えつつ視線をそらした。

ばかだ。僕はどうしようもないばかだ。必死に本田さんの面影を探して、縋りつこうとしてる。そんな汚れた欲がここにあるのが、わかる。

指でがしゃがしゃ髪を梳《す》いて、散っていく雪を睨み続けた。

ふわりと漂ってきた紫煙を視線で辿ると、浅木さんの横顔とぶつかった。目を細めて煙草を吸い、前方を見つめている。何気ない素振りでドアにあるボタンを押し、少しだけガラス窓をあけて「ごめんね」と囁いた。

「……ねえ、優太郎くん。僕がここまでキミにかまうのを、奇妙だと思ってるよね」

へっ、と動揺してしまった。本田さんにも指摘されたのを思い出して「仲よくしていただけるのは、嬉しいです」とぎこちない返答をしたら、浅木さんは吹きだして、低い声で重ねる。

「実はね、個人的な理由で申し訳ないんだけど、優太郎君は恋人に雰囲気が似てるんだよ」

「こ、いびとの、雰囲気……？」

「出会った頃のね。――あ、もちろん優太郎君のことも好きだよ。『オペラ座の怪人』事件は忘れられないなあ……ほんと驚いたし、かわいかった」

浅木さんもだ。彼も本田さんも、僕じゃないべつの大切な人を、僕のうしろに見てる。僕の存在は、誰かの面影があることで価値を見いだす。……浅木さんも、そうだったんだ。

「指輪をされていたので、彼女さんがいるのはわかってました。その人なんですね」

「ああ、……うん。これは恋人からのもらいものなの」

車が再び発進した。

心に、いままで目の当たりにしてきた本田さんと浅木さんの姿が、まざまざと蘇ってくる。

本田さんが浅木さんに嫉妬して〝キスしろ〟と迫られたことも、クリスマスに〝いくな〟と叱られたことも、僕に聞かせてくれた星の名前すべてが、チサさんから教わったものだったことも。そして浅木さんが僕を自分の店にまで招いてくれた、好意の正体と。

なんだ。いいんじゃないか。僕は急に投げやりな気分になってきた。自分の恋心や寂しさを満たすために、他人の優しさに甘えたっていいんだ。誰だって、そうして生きてるんだ。

「……浅木さん」

「うん？」

「いまから、ドライブに連れていってくれませんか」

浅木さんに、本田さんのかわりになってもらおう。本田さんとできなかったことをしてもらおう。これはごくごく〝ふつう〟の、みんなしてる行動だ。利用されたぶん、僕だって利用していい。……いい。

「もちろん、いいよ」

浅木さんはにっこり笑って、車線を変更してくれた。

家と反対方向に車が走りだす。雪がフロントガラスにあたって、落ちていく。

自分のどす黒い衝動をまえにして、僕は悄然とした。幸せになる道を見つけたはずなのに、哀しみに迷いこんでいく気がした。無気力になって、泣きたい気持ちがこくこくと増していく。

昔僕はこんな人間だっただろうか。それでも、本田さんがいなければよかったとは、どうしても思えなくて。

夜道に降りそそぐいくつもの雪を眺めながら、胸の奥で、本田さん、と呼んだ。本田さん。すべてがもとに戻るどころか、すべてをどんどん狂わせてしまう。

……本田さん。

やがて車は海にほど近い隣町へ近づいて、海岸沿いの道路の路肩にそっと停車した。

僕の座っている助手席側に海。浅木さんが座っている運転席側に、道路。

「寒くなければ窓を開けていいよ」と浅木さんが言うので、言われたとおりあけてみたら、正面に雪に凍える夜の海がひろがった。

潮と冬の香りが鼻先を掠めて、波の音もザザン、ザザン、と聞こえてくる。時折、車が横を通り過ぎる瞬間の、僅かな揺れ。浅木さんが煙草の灰を落とす微かな音。らせんに舞う雪。

白い粉雪が闇夜に茫洋と瞬いていて、星が落ちてきたのではと錯覚するような景色だった。

星がなくてもきれいな夜空があるなんて、知らなかった。

「……優太郎君、大丈夫？」

肩にふわりとやわらかいものが覆った。浅木さんがかけてくれた、彼のマフラーだった。

「……浅木さんは、結婚してないんですか」

「結婚はしてないね」

「……結婚と恋愛は、べつ、ですか？」

「プロポーズはもらってるよ。……意外と我の強い子で、つまらないことで言い争いをしたとき、なんでなのか〝結婚するんだ！〟って怒りだしてさ。こっちから言おうと思ってたのに、先に言われちゃったんだよね」

昏で微笑みながら、浅木さんが灰皿に煙草を消す。そのときの至福感を想い出しているような、遠い微笑だった。愛してるんだ、と感じた。自分ではくちにしたことも、誰かと育んだこともないのに、愛、と表現せざるを得ない、強く揺るぎない空気が、確かに車内を満たした。

……僕が浅木さんの恋心を癒すだなんて、まったく甚だばかばかしい。

「ごめんなさい、浅木さん」

「ん？」

「僕、最近……失恋したんです。それで浅木さんに〝恋人と似てた〟って言われて、浅木さんにとっても、大事なのは僕じゃなかったんだって勝手なこと思って、寂しくなってしまって」

「優太郎君、」

「いきなりドライブなんてお願いしたのは、浅木さんにも、僕が好きだった人のかわりをしてほしいと、望んでしまったからなんです。……すみませんでした」

浅木さんが好きなのは波模様の指輪をくれた恋人で、本田さんがコイビトを全員切ったぐらい大事にしてるのはチサさんで、僕が一緒に星を見たいのは、本田さんだ。満たせる余地がどこにあるんだろう。どんなばかをしたってどうせ僕の心も、本田さんを軸に動いてる。

「……ふっ、ははは」

笑い声に驚いて顔をあげたら、浅木さんが右手でくちをおさえて肩を震わせていた。

「どうして」

「いや、ごめんね。優太郎くんをやっぱり好きだなあと思っちゃって」

そのまま、くち元にあった右手で肘をついて目を細め、浅木さんは僕を見返す。

「優太郎君。人は誰だって、支え、支えられて生きてるんだよ。失ったもののかわりを求めるなんて、誰もがもっと自然と、行動にうつしてるもんでしょ」

「自然、と……ですか」

「辛いときに、レンタルショップでコメディ映画を選ぶのと、さして変わらないよ。よくも悪くも人間は忘れ続ける生きもので、永遠に痛みを抱えたままでは生きられない。その過程でさまざまなものに救われてる。幸福を求めるのは罪じゃない。命あるものの仕事なんだと、僕は思う」

「人間とＤＶＤは違います。……僕は浅木さんをかわりにして、後悔しました」

「僕は嬉しかったよ？　優太郎君のまわりには僕以外にもたくさんの人がいるだろうに、選んでもらえたんだから。好きだった人のかわりとなったら、そうとう厳選されるだろうし」

……自分を許してもいいと、浅木さんの瞳は言ってくれている。まだ困惑している僕に、彼は微笑みかけてくれた。

「正直にうちあけてくれてありがとう。優太郎君の素敵なところをまたひとつ知られたね。寂しくなったらまたいつでも呼んで。どこへでも付き合うから」

周囲の騒音が雪に吸いこまれて、しんと凪《な》ぐ。

幸福を求めるのは罪じゃない、と胸のうちで、何度か復唱してみた。

星のような白い雪が外から舞いこんできて頬に落ちると、ぽつんと冷えていくその箇所を、さっき本田さんの掌が包んでくれたのを想い出した。流れ星を見よう、と言ってくれたのに。何度でもいこう、と惜しんでくれたのに。最後の最後に、つかれた、と言わせてしまった。

本田さんのとこへいきたい。謝って、そして本田さんが誰のものでもいいから、傍にいさせてほしい。チサさんと星を見る千回のうち一回でいいから、どうか、いつか、わけてほしい。

「ほら、泣かないで」

浅木さんが苦笑しながら、ちり紙をくれた。僕はほんのすこし流れた涙を指ではらって、すみません、と頭をさげた。ず、と鼻をすすって、深呼吸して気持ちを整える。

「……そうだ、浅木さん」

「ん？」

僕は本田さんに渡せなかったチケットを、浅木さんに差しだした。

「これ、どうぞ。プラネタリウムなんですけど、彼女さんといってください」

「え、いいの？」

「はい。その……僕が、好きな人にあげられなかったもので、なんか、いわくつきっていうか……気持ち悪いかもしれないし、押しつける感じになっちゃって、申し訳ないんで……」

すが、と続けるまえに、浅木さんは盛大に笑いだした。

え、えっ、と戸惑うと、

「まったく、キミはほんとに正直者だよね……いわくつきって」

「あっ、す、すみません！」

いいよいいよ、と手を振った浅木さんは、チケットを確認してまた微笑んだ。

「ありがとう。でもこれ無期限みたいだから、預かっておくよ。優太郎君に恋人ができたら、僕の店まで取りにおいで。ふたりにおいしいコーヒーをごちそうするのを楽しみにしてるね」

……こいびと、と声にならない声で呟いた。雪がまた、指に降って溶けていく。

本田さんの電話が繋がらない。何度かかけたのに、応答してくれるようすがない。

とにかくもう一度話して『潮騒』を辞めるまでに仲なおりしたいのに、シフトも合わなくて焦れたまま一週間経過してしまった。

……平林さんにシフトを訊いてみようかな。思案して新作ＤＶＤの整理をしていると、横にいたハルちゃんが、脳天気にほわあとあくびした。

「……ハルちゃん、仕事中だよ」

「はふ～……ごめんごめん。最近、徹夜続きでさ……」

くちをもぐもぐ動かして眠たげに苦笑しつつ、続ける。

「坂見君はちゃんと寝られてるの？　本田君にシフトまでズラされてて」

一瞬で、頭が真っ白になった。シフトを、ズラす……？

「あら、自覚なし？　このまえの雪の日、お客の男と帰ったでしょ。あれ以来なんだよねえ」

「ど、うして、そのこと」

「カウンターにいたから見てたよ。僕も本田君も」

愕然《がくぜん》とした。ハルちゃんを見返してかたまりながらも、目にはなにもうつってなかった。

『おまえには俺を選ぶって考えがないの？』という本田さんの叱責が、頭に殴りかかるように振り落ちてくる。あの直後に、よりによって浅木さんとふたりで帰る姿を見せたなんて。

どうしよう。このまま『潮騒』を辞めて別れることになったら。

「電話はしてみた？」とハルちゃんが。

「……でてくれない。でも本田さん、恋人いるのに……僕は束縛されなくていいはずなのに」

「うんうん。子どもだよなあ本田君。ちょー怒っちゃって。自分だって言葉足らずなくせに」

するとハルちゃんはおもむろにエプロンに手を突っ込み、ポケットからメモ帳とペンをだしてさらさらなにか書くと、その紙片を僕に突きだした。

「はい、本田君の携帯のメアド。文字って卑怯だけど、これで言いたいこと言ってみれば」

「え、メール……？」

勝手にもらえないよ、と断ろうとしたのに、

「すごく乙女なアドレスで、爆笑したから憶えてるんだよねえ、ほら」

と、文字のあるほうを僕にむける。

――【bright_starry_night】

「星、月夜……」

呟いて、理解したら、呼吸がとまった。

「本田君ね、去年坂見君がテスト休みに入るまえにアドレス変えたんだよ」

「休みまえ……？」

「ミサキちゃんのことも原因なんだろうけど〝坂見君のことでしょ〟ってからかったら〝本人に余計なこと言うなよ〟って怒られた。言ってあげちゃったけど」

違う、と僕は思わず否定していた。

「違うよ。本田さんのいまの彼女も星が好きだから、その人のことだよ」

にか、と笑ったハルちゃんは僕の肩をぽんと叩いて、それ以上はもうなにも言わなかった。

夜九時。〝幸福を求めるのは罪じゃない〟という浅木さんとの会話を反芻して、帰宅した。部屋に入って、あかりをつける気力もなくベッドへ仰むけに転がる。天窓のむこうにひろがる夜空を仰いで、息をついた。いち、に。今夜はみっつの星がきれい。

シャツの胸ポケットから本田さんがくれたガラス細工をだすと、ハルちゃんにもらった紙片もこぼれてきた。星月夜、と読んで、本田さんがアドレスをかえたときの気持ちを想像した。

「……わからない」

ガラス細工は、指でつまんで空に近づけたら、透明なおうとつをとおして鈍い光が透ける。角度をかえて、輪郭が消えるようすに魅入って、これをもらった夜のことも懐かしんだ。

思い返せば、本田さんはいつだって僕を見てくれていた。ハルちゃんは言葉足らずだと揶揄したけど、嫉妬して怒って、そうしながら、無鉄砲でも勝手でも、ちゃんと気持ちをぶつけてくれたのは本田さんのほうだ。

僕はどうだろう。性別やチサさんの存在を気にして、エゴでしかないからと告白もしないいま、浅木さんに縋って、ハルちゃんにも助けられている。

たったひとこと、僕が自分の正直な気持ちを伝えていれば、誰も惑わせずにすんだのかもしれない。思いやったつもりで、本当に恋愛欲にむき合ってないのは僕で、真っ向から傷つく覚悟もせずに恋に嘆いてた。こんな半端な僕に本田さんがつかれるのは、あたりまえだった。

携帯電話を鞄から取ってひらいた。本田さんの番号をだして暗い部屋に光る名前を眺める。

……初めて好きになった人。星のような人。幸せを、たくさん教えてくれた人。

でてくれるだろうか、と発信ボタンを押して耳にあてた。コールは五回。やっぱり今日も、ぷつ、と留守番電話に繋がってしまったけど、そのまま彼に声をかけた。

「本田さん、坂見です。おつかれさまです。……こんな別れかたしたくないから、もう一回話をさせてください。お願いだからまた、会ってください」

天窓越しに、星が瞬いている。

「……いまこんなこと言うのは、迷惑だってわかってるんですけど……僕は、本田さんが好きなんです。バイト仲間としてじゃなくて、男の貴方を、ずっと恋愛感情で見てました」

恋愛なんてうさんくさい、と言われたときも。

深海魚の比喩の話をして、地上にでたら死んじゃうよ、とこたえてくれたときも。

「練習のキスのときも、浅木さんの店へいったときだって、貴方が好きでした。だから、」

幸福を求めるのが、罪じゃないのなら。……僕の幸せは。本当の、幸せは。

「だから、チサさんと――」

録音時間がなくなって、声が掻き消えた。届かなかった言葉が胸を貫いて抉る。

言ってしまった、と、言えた、というふたつの思いが体内を駆け巡った。足を引き寄せて、ちいさく身をちぢめる。

『潮騒』を辞めるまで、あと数日しかない。

また怒鳴られてもいい。嫌われてもいい。最後でもいいから、声を聞かせて。だって僕は、星月夜なんて言葉を心にとどめている貴方を、忘れられるはずもない。

「本田さん……っ」

……掌に、ガラス細工の角が突き刺さった。いたい、と思いながら、この息苦しい地上で、だんだんと呼吸のしかたを思い出していく。

本田さんから連絡がないまま、数日後『潮騒』で働く最終日がきてしまった。

文字は卑怯、というハルちゃんのひとこともあったし、アドレスを勝手に教わってしまった手まえ、携帯メールをうつのは憚られたけど、バイトの休憩中、メールしてみた。

『坂見です。このまえハルちゃんがアドレスを教えてくれて、メールしました。すみません。今夜、会いたいです』

六時以降、店は臨時休業にして、みんなで送別会をひらいてくれる予定だったから。

でも数分後に返ってきた、やっともらえた言葉は、怒って見えた。

『おまえが急に好きなんて言いだしたのは、このアドレスのせいだったんだな』

〝チサのことなのに、なに調子に乗ってるんだよ〟と聞こえた。不快感を与えたのも、浅木さんのこと以上に、さらに怒らせたのもわかった。誤解だ、とも言えないと思った。ハルちゃんに意味深なあとおしをされて、僕は嬉しかった。自分のことじゃないと否定しておきながら本当は、心の隅でひっそり嬉しがる自分も感じてたんだ。弁解のしようがない。

『ごめんなさい』

……返事はなかった。

そして閉店後、みんなで帰り支度をすませてわらわら移動した。裏どおりにあるおしゃれな居酒屋の個室でみんなに囲まれて、おいしそうな料理もやってきて、ひどく恐縮してしまう。

「なんだかすみません。お店を早々に閉めてまで、こんな」

平林さんは「いいんだよ、当然じゃない」と笑いかけてくれた。けれど時計を見ては、そわそわ後頭部を掻く。一ノ瀬さんと薫さんは素知らぬ顔で食事して、ハルちゃんは涼しげにビールを呑んでいる。

こういうときくちをひらくのは、正直者の双葉君。

「ねえ。で、本田さんどうしたんですか？」

ここには本田さんだけがいない。それはとても、あからさまな違和感だった。

わざとらしく「あっはは」と大笑いした平林さんは、大慌てでフォローした。

「だよね、ちゃんと伝えたんだけど、どうしたのかなあ〜……？　はは、困ったなあ……」

「俺はいいけど、坂見って本田さんと一番仲よくしてたじゃん。なんかすげえ気持ち悪いよ」

「うーん……まいったな。——双葉君はああ言ってるけど、坂見君、どう？」

ほかのみんなの視線も僕に集まった。全員僕を気づかって何気ないふうを装ってくれているのは一目瞭然だった。逡巡して、みんなと本田さんを想って、顔をあげる。

「じゃあ僕、電話してみます。どうぞ食事を続けてください」

「まあ、うん……そうだね。坂見君が連絡するのが一番だ。なら、僕らは食べてよっか」

僕が笑うと、みんなもほっとしたのが見て取れた。それぞれが箸を持って再び食事を始めたのを確認したあと、鞄から携帯電話をだして隅に移動し、正座してボタンを押す。

携帯電話を耳に当てて、応答を待った。コールはだいぶ長く続く。

もう無理か、と諦めた瞬間、

『——はい』

でてくれた。

「ほ……本田さん、ですか？」

『そうだよ』

声が、すこし懐かしい。膝のうえにおいた左手を、思わず握り締めてしまった。みんなも僕を振りむいて、息を詰めたのがわかる。

「えっと……いま、僕の、」

でもよくよく考えたら〝僕の送別会をしてるのできてください〟なんて、おこがましくて言いづらい。久々に聞く本田さんの呼吸も電話越しだと妙にリアルで、感情を圧迫する。

「その、」

『なに』

唇を引き結んでから深呼吸した。結局のところ彼がこなかったという事実がこたえなら、僕は受け入れるべきのような気がした。チサさんがいる彼に告白した僕への、彼のこたえなら。

「本田さんの……声が、聞きたくて電話しました」

『え？』

「本田さんに会えて、よかったです」

せめて後悔しないように、最後に伝えたいことだけ言おうと決めた。僕の本心。

「たくさん親切にしてくれて、ありがとうございました。一方的に気持ちを押しつけて、迷惑もかけました。けど僕は本田さんにもらった幸せな気持ちとか、全部を、忘れません」

できるなら、と痛む胸をおさえつけて続けた。

「できるなら、僕も貴方の尊敬してる先生や、チサさんのように、なにか返せる存在になりたかった。喧嘩ばかりで、つかれさせてばかりで悔しかったです。これから成長していきます」

優太郎、と本田さんが呼んでくれた。

僕は、いまだけ許して聞いてください、とこたえた。

「好きです、本田さん。——好きでした」

初めて好きになった人に、僕はどんな幸せもあげられなかった。彼が大切にしている恩師の話をただ横で聞いて、チサさんと恋して変化していく姿を、ぼんやり眺めているだけだった。そして僕といれば彼はいつも、苛々して哀しんでいた。未熟すぎた。それだけが悔しい。

これでお別れなんだと思うと、涙腺が千切れそうになった。沈黙が流れて、本田さんのいる場所から、車の騒音が聞こえてくる。……外にいるのかな。堪えていた涙が左目の縁に滲むのを感じて、指でよける。

やがてまた、静かな、僕の大好きな声がこぼれてきた。

『優太郎。この間の留守電、最後になんて言おうとしたの』

……右目からも涙が落ちそうになって拭った。

チサさんと——。

「チサさんと、幸せに、なってください」

振り絞った僕の言葉を遮るように、

『〝チサと別れてほしい〟じゃなくて?』

そう詰問《きつもん》されて、胸が潰れた。拳で叩いて身を屈めて、嗚咽《おえつ》が届かないように耐える。

『嫌いだよ、優太郎』

「はい」

『嫌い』

「……星の、ガラス細工、大事にします。……プレゼントも返せなくて、ごめんなさい」

『そう』

携帯電話を握り締めたまま、僕は涙を噛み殺した。

たぶんきっと、いままで一番に、本田さんを恋しく想う気持ちが全身を満たしていた。

さよならと言わなくちゃいけないのに、言えないいくちを覆って咳きこむ。電話を切りたくない。もうすこしこの人の時間が欲しい。切望したとき、溜息のようなひとことが届いた。

『……あと五分ぐらいで着くから、待ってろよ』

間違いなく、息がとまった。

「きて、くれるんですか」

返答がないまま、通話を切られてしまう。

信号音になった携帯電話を呆然と見おろしていると、背後で聞いていたハルちゃんが「いっておいでよ」と言った。からあげを頬張って、呆れた顔をしてる。

「いっておいで。そんな泣きはらしてたら、どうせまともに食事もできないだろうから」

焦って涙を拭ったら、ほかのみんなもやれやれみたいな表情をしてるのに気づいた。平林さんだけが「さ、坂見君の送別会なのにっ」と動揺している。

それを制したのもハルちゃんだった。

「店長……知ってます？　僕は歓迎会もしてもらってないんですよ」

「あれ、そうだっけ？」

「ひどいなあ。この際坂見君はほっといて、今夜は僕のお祝いにしてください。ね、決まり」

肩を竦めたハルちゃんが僕に視線をむけて、〝いきな〟と顎をしゃくる。

本田さんの〝待ってろ〟という声が聞こえた。勢いよく立ちあがって、

「すみません、僕、失礼します」

と荷物を取りまとめる。

みんなが「本田君によろしくー。ちゃんと仲直りしておいで」「気をつけていくんだよ」と朗らかに送りだしてくれるなか、平林さんが「あぁっ、坂見君っ」と嘆いてくれたから、出入りぐちまえで、もう一度頭をさげて「本当にすみませんっ、また連絡します」と早足で退室した。

　コートを着ながら、階段を一階まで転げ落ちるように走る。外にでると急に闇夜に包まれて、店内から洩れる灯りだけが鈍くアスファルトを照らしていた。車もなく、静か。

　正面のガードレールの傍に立って左右を確認した。と、店の横のとおりから本田さんがちょうど姿を現して、その鋭い眼力に身動きがとれなくなった。本田さん、と呼ぼうとした僕のところへ、彼はまっすぐ歩いてくる。むかい合って立ちどまるまで、僕は呼吸をしてなかった。

「抜けてきたのか」

憤然とした表情で、本田さんが僕の荷物を見遣る。厳しい目も、尖った雰囲気も怖くはなくて、僕は一心に彼の全部を見つめるのに必死になった。

「……ハルちゃんが、こさせてくれました」

質問にこたえると、彼も状況を把握したのか二度頷いた。それから身を翻して歩きだす。

無言ですすむ本田さんの背中に、一メートルぐらいの距離をあけてついていった。

暗い夜の、冷たい風が吹く冬の下で、触れ合っているわけでもないというのに、胸があたたかくぬくもっていくのがわかった。

居酒屋から五分としない場所に森林公園があって、本田さんはそこへむかう。さまざまな花や木々に包まれた歩道をすすみ、中央の噴水広場に近づくと、「ベンチに座ってて」と言い残していなくなってしまった。

外灯の光が、噴水にたまる水に白くうつりこんで、揺れる波紋を描いている。

夜空は星のきれいな快晴で、藍色に染まる雲がくっきりと浮かんでいた。

言われたとおり噴水を囲うベンチのひとつに腰掛けて待っていたら、戻ってきた本田さんの手には缶紅茶がふたつ。僕の右横に腰掛けて、「ほら」と差しだす。……この些細な気づかいが耐え難いほど嬉しくて、いたい。

「ありがとう、ございます」

大きな掌にのった紅茶の缶が、闇のなかにぼんやり見える。自分の手を重ねて、熱い、と思ったせつな、突然腕を引き寄せられて、ぱち、と唇で、唇の表面を吸われた。

一瞬で離れた。残ったのは、くち先に触れたやわらかい感触と、本田さんの味。

「……ほんだ、さ、」

本田さんは平然と正面にむきなおり、自分の缶紅茶をあけてひとくち飲む。

「おまえは俺に幸せになれって言うけどさ、本音はどうなの」

冷静沈着に言って、噴水を見つめる目を細める。

頭が混乱して、僕は手のなかにある缶が熱いのに、転がすこともできない。

本音。僕の。

「本田さんは……チサさんと、」

「チサのことはおいといて、優太郎の本心を訊かせてくれない……?」

僕の心をほどこうとしてるだけの、でも逃げ場を塞ぐような確固たる強さを持つ声だった。

チサさんへのあんな真剣な想いを聞いておいてなお、自分の欲求を吐くのは辛い。俯いて缶紅茶を見おろして、ひゅおおと流れる風の音を聞いて、でかかる告白と迷いを呑みこむのを、何度か繰り返した。

ふいに「ゆう、」と頬を左手で覆ってうわむかされた。

「聞かせて」

真剣な目だった。酷い、と思った。思いながら頭を振って彼の手を摑んで、あったかい、と想った。涙が溢れてくる。好きで、どこまで非道でも、この人が好きで。

「本田さんは、僕んじゃない……言えない」

もう辛抱できずにぱらぱら落ち始めた涙を、本田さんは僕の頰にある親指で丁寧に拭ってくれた。「告白しておいていまさらだろ」と苦笑する。こんなときに笑ったりする彼の指を、僕はぎりぎり握り締めて、歯を嚙み締めたまま、だったら、と悔しさをめいっぱい吐露した。

「本田さ、と……――僕は、本田さんと、離れたくないっ」

こともなげに、「離さないよ」と言われた。

「離さない。また会おうって言ったろ」

「う、……はい」

「あとは？」

あと……。

「電話で、また……たまに、話したいです」

「ン、かけるよ。火曜と木曜は夜も家にいるから、優太郎もかけておいで」

「は、い」

「それだけ？　このふたつが、おまえのどうしても言えなかった本心なの」

突き離される覚悟をしていたのに、引き寄せられて困惑した。本田さんの目の奥を探って、本田さんにも探られて、たったそれだけでなにもかも奪われてるような気がしてくる。

この人しかいらない。そう想ったら、くちが勝手に、好き、と呻いていた。

「本田さんの……弟にも、おもちゃにもなりたくない。本田さんの、恋人に、なりたかった」

視界が涙にぼやけて、海のなかにいるみたいだった。拭って本田さんの顔を見るまもなく、彼の手が頬から離れて、両腕で身体をゆっくりと包んで、抱き竦められた。

「〝なりたかった〟じゃないだろ……？」

それから、耳たぶを甘く噛まれる。う、と強張ったら、「俺もおまえのこと好きだよ」と、腕ごとつかまえるようにもっと強く抱き締められて、絶句した。……いま、なんて。

「チサを説得するのに、えっらい時間がかかったよ」

解放感のある本田さんの声が、あかるい。

「優太郎のことがマズかったらしいよ。星を好きな優太郎に自分を重ねてるんじゃないかって、変な期待させたっぽくて、全然納得してくれないから、優太郎を好きだってことも言った」

「……え」

「そしたら次は〝おまえは女好きだから男を好きになるはずがない〟って始まってさ。説得しようとするたびに、デートしろってあちこち連れまわされた。……もう女はこりごりです」

言われてることの意味が、よくわからない。

連れまわされたって……まさかあの、初詣も？

「同性だからやっぱり怖かったけど、全部片づいたら優太郎のこと口説き落とすつもりだった。留守電聞いたときは会いにいきたかったよ。でも先に怒られてたし、おまえ真面目だからチサとのことが解決しない限り絶対納得してくれなかったろ？　それで今日までかかってさ」

頭ではこの事態を許容しきれないのに、心は理解してるのか、胸が徐々に熱くなってくる。

「……でも本田さん、メールで、アドレスのこと怒ってた」

「んー……〝ハルの奴バラしやがって〟とは思ったよ。まあ、おかげでこのとおりだけど」

上半身を離した本田さんが、僕の顔を見て、ちなみに、と唇の端を引きあげる。

「ちなみにチサが言ってたキスも呑み会でのふざけたキスで、俺からしたわけじゃないし、意味もなかったんだけど……──嫉妬してくれてたよな？」

ん？　と詰め寄られて狼狽えると、こたえるまえに、苦笑してくちづけられた。

熱くて強引なキスだった。好きだ、と叫ばれている気分になって、されるがままになっていたら、離れてから彼が「……キス魔なのは本当だから、覚悟しろよ」と囁く。

目の前にいる本田さんを至近距離で見た。さっきまでの彼じゃない、僕の知らない人のようだった。きらきらして、幸せそうで甘やかで、この自分の手が、届くところにいる。

「……本田さんが、好きです」

胸の痛みを和らげたくて切れ切れに呟いたら、彼もしっかり頷いてこたえてくれた。

「ン。俺も優太郎が好きだよ」

信じられない。信じない、と言ってしまいそうだった。それぐらい、嬉しくて、どうしていいかわからなかった。

「男で、ほんとに、いいんですか」

本田さんの腕に触る。彼の香りの沁みこんだコートの冷たささえ愛しい。

〝男で〟という問いかけに、彼は、

「優太郎がいいんだよ」

と言いかえて、僕の頬をぱくと食べる。

「おまえは〝なにも返せない〟って言ったけど、全然、そんなことないんだよ。おまえみたいにスレてない奴って、初めて会ったんだから」

「スレてない……？」

「素直で優しくて、でも頑固だろ。信用できるんだよ。おまえは他人を騙したり、裏切ったりしないって確信できる。……だから甘えたくなるの。誰にも優しくしないで、俺だけ裏切らないで、傍にいてほしい」

頬から離れた本田さんの舌が、僕のくちの端を舐めて、唇も、あむ、あむ、と二回はんだ。

溢れる恋情が、また涙まで押しだそうとしてるのに、本田さんはこんなことを言う。

「優太郎は男がいいなら、俺みたいなガキより浅木さんのほうがいいんじゃないの」

本田さんを抱き締めて、コート越しに爪を立てるぐらい引き寄せた。限界だと思った。

「今日、僕……家には、帰りませんよ」

苦笑した彼も、あたりまえだろ、と僕を抱き返してくれる。

「帰さないよ」


本田さんの家へつくとすぐ、玄関の壁に追い詰められてキスされた。自分を好き、という気持ちで貪るのが彼の唇なんだと想うだけで、心臓がちぢんだ。翻弄《ほんろう》されて必死にこたえる僕を、彼の手は優しく、時折乱暴に支配していく。背中や肩を撫でて緊張をほぐしてくれたあと、いつのまにかコートのボタンをはずして服のなかへ忍び込み、腰にじかに触れていた。

「俺の手、冷たい……？」と訊きながら、本田さんが僕の顎を舐める。彼の掌は確かに冷たくて素肌をなぞられると鳥肌が浮かんだけど、僕は頭を振った。

嘘だとわかってる彼はちいさく笑って、僕の背中まですするっと指先を滑らせる。うぅっ、と耐えてしがみついたら、もっと嬉しそうに笑われた。

「……靴、ぬげる？」

問いかけられて足下を見遣ると、本田さんはもう靴をぬいで部屋へあがっている。

「は……はやい」

「おいで」

笑顔で促されて、彼の手に腰をおさえられたまま急いで靴をぬいで近づいた。もう一度降ってきたキスは、唇の表面を吸うだけの甘いキス。……彼の手慣れた愛撫《あいぶ》に、僕は手を引いてもらわなければ、ついていけない。

「キスしてるときに、目を閉じたくないって思ったの、初めてだよ」

「目……?」

「ここにいるのが、優太郎だって確認してたい」

唇が離れると、本田さんは右手で僕の後頭部を覆って引き寄せ、互いの胸が潰れそうになるほど抱き締めた。

「あの、本田さん……お風呂、入ってもいいですか。家にも、連絡したい」

「いいよ。じゃあ電話したあと一緒に入ろうか」

朦朧《もうろう》としたまままっすぐ見あげて、僕は「はい」と頷いた。

……初めてだからどんなのが〝ふつう〟なのかは知らない。ただ僕は本田さんを、けものみたい、と思った。

服をはぎ取られて浴室へ入ってから、ひとときたりとも自分の身体が自分の自由にならなかった。石けんをつかって全身を撫でて、奥までほぐしてくれても、指の動きは強引で、痛くて痛くてしかたない。でも彼が自分を欲してくれているんだとわかったから、嬉しくて委ねた。

「ごめんね、我慢して」

切羽詰まったように押し広げられて、僕も彼の背中に爪を立てて必死に引き寄せる。皮膚が邪魔で、心まで抱き潰したい衝動に駆られながら、しがみついて縋った。僕自身もけものでも人間でもなくて、剝きだしの熱情そのものになっていく気がする。

ベッドに移動してからは、彼はまた豹変《ひょうへん》した。

「俺は、浅木さんほど大人じゃないよ」

髪も身体も濡れたまま僕の両手を束縛して、なにを言うかと思えば突然嫉妬を投げてくる。僕はまだ湯上がりの熱と欲に火照《ほて》った状態で呆然として、身体のそこかしこで燻《くすぶ》っている痺れに震えつつ、こたえる。

「大人が好きなんて、言ったことない。大人も子どもも、関係ない。本田さんが、好きです」

胸を上下させて、呼吸をするのもやっとだ。なのにまたすぐに問う。

「俺は浅木さんに嫉妬したのに、おまえはチサに譲ろうとしたよな」

「だって……女の人とセックスしかしない人を、好きになったんですよ！　僕だって複雑でしたよ、男なんだからっ」

本田さんが上半身を倒して僕の乳首を軽く噛んだ。痛みに震えて、我慢した。

「……正直に言ってごらん、いままで隠していたこと全部」

「い、じわる」

「どっちが」

「子ども、でいい……本田さんが、好き」

「それだけ?」

「……ずっと、嫉妬してた。……本田さんのこと、僕も、独占したかったたっ」

かさかさに掠れた声で叫んで、涙をこぼして顔をそむけた。本田さんは両手の束縛をといて僕を抱き竦めると、言葉を噛むような苦しげな声で命令する。

「じゃあ最後に〝浅木さんは嫌い〟って言いなさい」

悔しくて、憎たらしくて、どうしようもないほどに愛おしくなる。言葉でも、涙でも、態度でも、ひとつも安心してくれない彼の幼さと独占欲が、嬉しくて恨めしくて、堪らなかった。

「……ばか」

そのくせ、こうして睨みつけると急に不安そうな顔をする。

貴方なんか。

「ばか……裕仁さん、好き」

いつだったか、考えていた。この人と女の人が寝るところを。

女の人が彼の名前を呼んだあとのことは想像もしなかったけど、きっとそれとは全然違うんだろうとわかるほど、彼は余裕を失った手で僕を抱き潰し、噛みついて、痛いぐらい愛撫を続ける。

指を絡めて繋いでも、肌の奥を直接握り締めようとしているような強さで摑まれた。

腰や脚を撫でると、最初は優しくてもすぐに引っ掻いて、つねるように刺激してくる。

舌で舐めれば、次には必ず歯を立てて噛み、強く吸う。

僕は痛みに泣きながらも、やめてと抵抗することはせずに溺れた。本田さんの想いが暴走すればするほど、自分がそこまで彼を狂わせている至福感に、眩暈がした。

なのに僕をどこまでも昂ぶらせたあとは、急に冷静になって、僕が泣きじゃくって暴れたくなるまであとすこし、もうすこし、と意地悪く焦らす。

「ちゃんと欲しいって言って、優太郎。俺だけが欲しいって、泣いて」

大きく呼吸を繰り返して、精一杯こたえようとするのに、僕がしゃべろうとすると、彼は僕の唇を吸って邪魔をする。そのあいだも指で攻め立てられて、身体が快感に痺れて辛いなかでくちづけにこたえていたら、次第に彼の肌にも熱が増すのがわかった。

……自分のなかへ本田さんが身を沈めていく。

男でも、僕でも、許してもらえたんだと思った。満たせる。この人を幸せにできる。そうしたら、涙がまた溢れた。彼のすべてに支配されていることが幸福で、貴方しかいらない、と喉がかれるまで伝える。

すると彼は僕の耳たぶを噛んで荒い息をこぼしながら、僕の意識が消えるまで、好きだよ、と囁き続けたのだった。


翌朝、太陽の日差しが眩しくて目に、光が差し込んでくる。右手で遮って目をひらくと、ベッドの右のガラス窓のむこうに青空がひろがっていた。

眠気の抜けない意識でぼんやり、真っ白い雲を眺めていたら、首のうしろに違和感を覚えた。

……本田さんの腕だ。胸のうえにも彼の手がまわって、僕を抱き締めている。顔をむけると、左横に彼の寝顔が。

「……本田さん」

愛おしさが湧いてきて、僕は右手で本田さんの頬を撫でてくちづけた。離れるのがいやで、彼の唇を舐め続けていたら、

「……ン、」

と、彼も目を覚まして、一瞬驚いたあとこたえてくれた。まだすこし眠そうなふわふわ弱々しい、熱いキス。覚醒と、キスの激しくなる速度が同じだった。そのうち左手で僕の腰をくすぐられて、びくと反応して離れたら、彼は微笑んで言った。

「おはよう」

朝日に浮かぶその笑顔が奇跡に思えてきて、僕は「おはようございます」とこたえてから深い胸のなかへ擦り寄る。

「本田さん、聞いて」

「ん？」

額を押しつけて、彼の背中に手をまわした。一晩経って、考えてみたんだけど。

「僕もキス魔みたいだから……たくさんしたい」

吹きだした本田さんが、肩を揺らして笑いながら髪を掻きあげた。太陽に透ける笑顔と肌に見惚れて、僕は胸の底で無意識に、好き、と伝えている。一緒にいるなんて嘘みたい、とも。

「ばか」

大好きな、あの照れくさそうな、甘い声が囁く。

しばらくじゃれ合って十時になると、僕たちはベッドをでてシャワーを浴びた。本当に、たくさんキスをした。身体を洗ってるときも、浴槽に浸かっているときも、ずっと何度も。

やっとでたあとは、本田さんが腰にタオルをまいたままシーツを洗濯をして、瞬く間に新しいシーツを敷いて整えていくのを、テーブルのまえに正座して待った。……さすが手際がいい。

そしてクローゼットからタンクトップをだした彼は、

「次に優太郎の服も洗濯してあげるから、それまで着てな」

と、貸してくれた。頷いて、すぐに着た。服を借りるのは二回目。当然ながらサイズが合わなくてぶかぶかだけど、本田さんの香りに包まれて、ほわんと心がとろける。

本田さんもタンクトップと下着を身につけて、肩にかけたタオルで髪を拭きながらベッドのうえに座った。携帯電話を取って眺める。僕も横に座って自分の手や本田さんの横顔を見る。

かれし、なのかな。この人は、僕の彼氏。いま、もう彼氏？　わー……。

「……あれ。ハルから着信がきてるな」

「ハルちゃん？」

「ちょっとかけてみる」

携帯電話を耳にあてた本田さんは、下唇を噛んでなにやら楽しそうな笑顔を浮かべた。

「あ、ハル？　……ン」

視線をさげて親しげに会話する。彼はどちらかというと、相槌のほうが多い。

本田さんの腕に指をかけて、肩先を噛んだ。姿を見てるだけで恋しくて狂いそうになる気持ちを、彼に触れて和らげる。そうしたら、「ちょっと待って」と彼が電話を中断させて、

「優太郎。ハルが平林さんと相談して、優太郎の送別会をやりなおすことにしたってさ」

「えっ」

「とりあえず、参加するって言っておくよ？」

「あ……は、い」

僕が当惑して頷いたあと、一言二言交わしてから、ふたりは会話を終えた。

……ハルちゃんに最後までお世話になってしまったな。ハルちゃんがいなかったら、いまこんなふうに本田さんと一緒にいられなかったはずだ。今度会ったら、お礼を言おう。

ぼんやり考えていると、本田さんは携帯電話をおいてテーブルのうえのコーラのペットボトルを取った。ひとくち呑んで、おもむろに僕にくちづける。むっ、と身じろいだら、唇の端からちくちくした炭酸の液体が流れてきた。僕が呑みやすく、すこしずつうつしてくれる。

「……肩噛んだしかえし」

にや、とされて、くらっとなった。

「送別会の日時はまた決まったら連絡するよ」と続けると、そのまま僕のこめかみに唇をつけて、彼はじっと沈黙する。

……本田さん、と呼んでみた。好き、と聴こえるぐらいの熱量で。

「名前でいいよ。昨日、嬉しかった」

「裕仁、さん」

この人をずっと好きだったんだ。

改めて想うと、再び胸が甘く痛んで意識が揺れた。

「優太郎。天体望遠鏡を買ったら、レンタカーおさえて天体観測にいこうか。夏休みあたり、優太郎に時間があれば、二泊でも、三泊でもいいよ」

「本当にっ？　本田さんと天体観測なんて、夢みたい」

そのかわり、と僕の頬にくちづけて、耳に囁く。

「ちゃんと俺を名前で呼べるようになったらね」

「……あ」

微笑した本田さんは、僕の身体をゆっくり倒して、また唇を重ねてきた。

……目を薄く開いたまま、彼の唇の味と熱を追いかけた。この閉じた瞼の奥でこの人は僕を想ってくれているのだろうか。揺れる睫毛《まつげ》さえ恋しい。唇が離れるまで見つめているつもりだったのに、ふわと溢れた涙に滲んで、彼の顔が見えなくなった。

右手の指で涙をよけていたら気づかれてしまって、目の前に彼の笑顔がやんわりひろがる。

「……泣きやむまでやめない」

そう言われて僕は、なら息がとまるまで泣いていようかな、などと想いながら、彼の髪に指を絡めて頭を引き寄せ、そのぬくもりを撫でたのだった。

# 星に光を、サカナに羽根を

「土曜日、また浅木さんの店へ付き合ってくれませんか」

優太郎にそう言われたとき、いやだと即答しそうになって、躊躇って、誤って舌を噛んだ。

「いっつ」

「わ、大丈夫ですか?」

俺の顔を覗きこんで左の指先で唇をすっと覆ってくる優太郎を見る。心配そうに揺れる目。

俺はみっともないガキで、優太郎は大人なんだ、と理解する瞬間。


まだ両親と暮らしていた幼い頃、俺は狭い場所が好きだった。

部屋の四隅。押し入れのなか。机のした。大抵そのどこかで、背中と肩とを壁にそわせて膝を抱えてちぢこまりながら、じっと息をひそめて両親の気配に耳をそばだてていた。両手両足を自由にして身体をひらいているとなぜか落ち着かなくて、寝るときでさえ、布団に横になって背中と肩をまるめて膝を抱える。

腹が減ると、もそもそ立ちあがって居間へいった。レンジの横には必ず食パンがあって、知らないあいだに減ったり買い足されたりしてるから、焼いて食べる。夜は冷蔵庫を探ると市販の弁当があるから、それを食べる。

両親が仕事以外でどこでなにをしているのか、どこでいつなにをするのか、知らなかった。

幼稚園にもかよわされていなかったので、その存在も知らなかった。

知っていたのは、ふたりが大抵不機嫌で、話しかけると余計に不機嫌にさせること。「なんで子どもなんて産んだんだろう」「邪魔だ」と怒鳴られていたので、なにもかも自分のせいだと信じていた。ぼくが悪い子どもだからケンカしてるんだ、と。

それでも寂しさに耐えかねて飛んでいくと、母は三回に一回ぐらい「ごはん食べたんなら、さっさと寝なさい」とまともな言葉で返してくれたから、俺は、よかったとひどく安堵した。

そして、ぼくが産まれたせいでごめんなさい、とちゃんと謝りたかったのに不機嫌にさせるのが怖くてできないでいた自分を、部屋の隅や、押し入れのなかや、机のしたで責め続けた。

足音と、生活音。減ったり増えたりするパンと、冷蔵庫に用意されている弁当。あったりなかったりする玄関の靴と、入浴後の湿った風呂場。それが俺の〝家族〟だった。

先に気配が薄くなったのは父。そして五歳になったばかりのある日、母方の伯母からの電話で『明日迎えにいくから』と告げられたとき、両親は二度と帰ってこないんだと悟った。

自分のせいだ、という強い納得が一番最初にきて、次に圧倒的な絶望と、地面が抜け落ちていくような浮遊感と、他人の家で暮らしていくことへの強い怯えと、それから、伯母に俺の世話を頼んでくれたのであろう、母の愛情を感じた。ごめん、と言われた気がした。母も自分と同じで、ごめんを言うのがこわかったんだ、と思ったら、とめどなく泣けた。

……両親はもともと不倫関係で父にはべつの家庭があり、母は愛人だったと知ったのは、だいぶ大人になってからだ。

伯母の家は従兄《いとこ》と祖父も加えた四人家族で、みんなそれぞれに優しくしてくれた。俺を家族として受け入れて、常にかわいそうがって育ててくれた。

俺が彼らと一緒に食事をしたがらなくても、伯父が〝お父さんとお母さんのかわりにして〟とくれた雄雌つがいのうさぎのぬいぐるみをハサミで切り裂いても、金をくすねて幾度本当の家へ帰ろうとしても、決して怒りはしなかった。

優しさは拒絶だ。許されるたび、どんどんひとりになっていく気がした。

両親と暮らしたあのすかすかの家のなかで感じた僅かな気配のほうが、血に馴染んだ。傍にいる偽りの家族より傍にあった。縋りたかった。会いたかった。足音だけでいいから。

一時期「どうでもいい」というのを、くち癖にしてた頃がある。親なんかどうでもいい。そう暴言を吐かずにいられないほど、愛していたし、生きかたを見失っていたんだと、いまはわかる。

のちに信頼できる教師との出会いによって伯母の家族の精一杯の愛情を理解し、心から感謝するようになって以来、母の日や父の日、誕生日には必ず贈りものを届けるようになったが、自分があの家族の一員だとは、おこがましくて思えない。

俺自身を形成したのは、それら過去のすべてだ。十分に成熟したつもりが、記憶に染みついた感覚は拭えないらしく、幼くて臆病な自分が時折むくりと顔をだす。

その事実を思い知るにいたったもっとも大きな原因は、優太郎だ。

「いらっしゃいませ、優太郎君」

……久々に出むいたコーヒーショップ『Kaze』で、俺は早速不愉快な気分になった。

カウンターのなかにいる浅木さんの、爽《さわ》やかな笑顔。悠然とした佇まい。しなやかな挙措《きょそ》。

あいかわらずすてきですねおれとまぎゃくで。

「本田さん」

カウンター席に腰掛けると、優太郎が右横から俺の手のうえに手を重ねて覗きこんでくる。言葉より雄弁《ゆうべん》な目の、不安げな色。

大丈夫だよ、とこたえなければいけないことはわかってるのに、胃の奥が不快に畝《うね》って声にならない。クソガキだなと自分に呆れつつもムスっとして、優太郎の手を握り返してやった。

「メニューをどうぞ。本日のおすすめコーヒーは、本当にいい味ですよ」

浅木さんは俺たちの手が繋がれているのに気づいて、おや、という顔をした。

優太郎が焦ってカウンターのしたに手を隠して、

「じゃあ、その、おすすめのコーヒーで、お願いします」

と注文する。俺もしれっと「同じので」と頼んで浅木さんが「かしこまりました」と離れていったら、一応半分くらい満足した。……どこまでもクソガキだ。

「そんなに、不機嫌にならないでよ……」

優太郎からもぼそぼそ不満がでた。けど表情には罪悪感も見て取れる。なにが不服かってことは、昨日電話でもさんざん言っておいた。そうだ。俺は初めてのデートがここって事実が、どうしても解《げ》せない。

〝浅木さんのおかげで、接客上手な本田さんに近づけた気がしたんです〟と説得されても、自分の接客はふつうだと思ってるから納得できない。

それでも浅木さんをじかに求めてるわけじゃなくて、自分への憧れが起因しているならいいか、と情けない優越感で自分を宥めようとしたところへ、今度は〝浅木さんにも恋人がいるのに……〟と溜息をつかれて、おいなんでそんな事情まで知ってるんだよ、と再び苛々。

最後には優太郎も〝本田さんが特別だよ〟と熱意だけを押しだして片づけようとするから、余計に腹が立ってくる。

ぬるい告白で解決できると思うなよ。そんなの心に引っかかりもしない。俺が不満なのはおまえがほかの男といちゃいちゃしてることだろ。そこをなんとかしろよ。

「店でるまで離さないからな」

頬杖をついて睨みながら、握っている手をさらに強く結んでやる。

「……いいよ、べつに」

くちを尖らせて、優太郎も握り返してきた。おまえまで不機嫌になるなよ。

「彼も、『潮騒』の店員さんだよね」

浅木さんがコーヒーをひきながら話しかけてきた。文句のつけようのない完璧な笑顔だ。

優太郎が「はい」と頷いて、俺も「お世話になってます」と軽く会釈する。

「優太郎君が辞めてしまって、ちょっと寂しくなっちゃったけど、これからはこちらの彼におすすめの映画を訊こうかな。――お名前、うかがっても？」

「挨拶が遅れてすみません。本田です」

「本田君か。ちなみに、最近なにかいい映画ってある？」

コメディかSFか恋愛か、と希望のジャンルを訊いて、いくつか紹介した。もとから映画好きなので、話題にはこと欠かない。

浅木さんもかなり観てるようで「それ知ってる。僕も好きだよ、あの雨のシーンがほんとよかったよねえ」などと食いついてきてくれて、ちょっと盛りあがった。

「本田君とは好みが合って嬉しいなあ。いま教えてもらったの、今度借りにいくね」

「ええ、お待ちしてます」

優太郎が視線で責めてくる。手も握り締められた。なんでおまえが嫉妬するんだ。

「はい、どうぞ」とコーヒーをもらうと、優太郎はすこし身を乗りだして、

「あの、浅木さん。今日は、れいのもの、受け取りにきたんです」

と言った。……れいのもの？

浅木さんは目をまるくして、優太郎と俺を交互にうかがう。

「そうなんだ。――わかった、ちょっと待ってね」

背後のコルクボードに腕をのばした彼の手の先には、見憶えのある長方形の包みが……あ、れは。

「はい、どうぞ」

そう言った浅木さんは、優太郎じゃなくて、俺にそれを差しだした。……間違いない。俺が優太郎にもらって突き返した、プラネタリウムのチケットだ。

なんであんたが、という嫉妬心を、とうとう露骨《ろこつ》に顔にだしてしまった。ところが浅木さんは鷹揚《おうよう》に微笑んで、小首を傾げる。

「楽しんでおいでね」

ふざけるな、と心のなかで怒鳴り返していた。

優太郎が大切な星のことを、ただの客でしかなかった浅木さんに教えてること。

チケットにまつわる事柄を話して、たったひとときでも優太郎が彼に縋った事実。

同性が好きだっていうごくごくプライベートな部分まで晒してるらしい、信頼感。

こんなことされて、俺が怒らないと思いこんでる優太郎の鈍さ。

その全部を許容してやれない、自分の器のちいささ。

なにもかもに腹が立つ。

「……すみません。ありがとうございます」

一応頭をさげてチケットを受け取った。かわりに繋いでいた優太郎の手を放り投げる。

それからひたすら視線を合わせずに、大人の素振りで浅木さんにコーヒーのおいしさを伝えて、店の雰囲気を褒めて、映画の話をふった。

どうして俺が浅木さんと仲よく語り合ってるんだか、わけがわからない。でも優太郎に笑いかけてやる余裕はないし、それでいて優太郎と浅木さんが仲よく話すのは阻止したい。

はらわたが煮えくりかえって吐き気がした。

優太郎を大切にしたいし、自分はガキだと思うし、こんなこと続けてたら一ヶ月と保たずに別れることになるだろうと頭ではわかってるのに、正しいと思う行動ができない。

優太郎は映画の話題に入れないまま、戸惑ったようすでずっと俺を見てる。浅木さんが時々「優太郎君もあの映画だけは観ておいたほうがいいよ」とフォローしても、さすがに俺の苛立ちに気づいてるらしく、遠慮がちな短い返事しかしない。

怯えさせて、笑顔を曇らせて、最悪な休日にさせてる。

罪悪感と嫉妬心に駆られて優太郎のことを見られない俺を、優太郎は見続ける。

まだ、見ていてくれる。

「楽しかったよ、またおいでね」と浅木さんに送りだされて店をあとにすると、ふたりしてとくになにを言うでもなく、あの土手の帰り道を選んで歩いた。

はやく謝ってキスしたくてしかたないのに、俺は優太郎が先にごめんを言うのを待ってる。

「……本田さん、」

「俺、名前で呼べって言ったよね」

「……。裕仁さん」

「なに」

ず、と優太郎が鼻をすすった。カラスも、かぁと鳴いて、赤橙色の夕空を横切っていく。

「チケットのこと、ごめんなさい」

「なにがどうごめんなの」

「浅木さんに、渡したから。……でも僕は、ほん——裕仁さんと、付き合ってるって報告したかっただけなんです」

「俺のまえで？　俺がおまえと浅木さんの笑い合ってる姿を見たくないってわかってて、わざわざ？」

優太郎の口調も荒くなる。

「僕が裕仁さんを好きって言うんなら、怒らないと思った」

「言わなかっただろ」

「浅木さんはちゃんとわかってるよ」

「へえ、言葉で言わなくてもわかり合える仲なんですね」

ばん、と左腕をぶたれた。むかついたから、しかえしに左手で首のうしろをおさえて、右の耳たぶを素早く噛んで離れる。

「んあぁっ」

「えろい声だすなよ」

　ほかの奴に容易く聞かせるな。

「え、えろくない」

「えろい」

「そんなこと言うの、えろい経験豊富な本田さんだけだよ」

「俺は〝本田さん〟じゃありません」

　今度は力まかせにしがみついてきて、俺の左肩に顔を押しつける。

「人目のあるところでなにしてんだよ」と顎をあげて、あむ、とキスし返してやったら、つんのめりそうになったあと、ふらふらっと離れていった。キスのほうがしちゃだめだ、という抗議はなかった。

「本田さんなんか――、」

　太陽があとすこしで沈みきる。僅かな残光が空を赤く焼いて、川面に白い飛沫を散らす。

「……裕仁さんなんか、大好きだ」

　優太郎まで失ったら、もうだめかもしれないと想う。依存は自分を幸福な闇に閉じこめる。またこうなることをずっと怖れてたんだな、俺は。きっと。

地元の駅に近づくと、優太郎が俺の指を引っ張って「泊まってもいい」と照れくさそうに訊いてきた。

こっちは今日の初デートに対する仕打ちに、まだ謝罪以外の誠意をもらってないのに、万事解決しました、みたいなかわいい顔されて腹立った。

「おまえ全然わかってないね」

「え」

夕飯はコンビニでいいか。それとも近所の弁当屋にするか。あそこは六十過ぎのおばあさんの手づくりでおいしいし、優太郎にも食べさせてあげたい。

「泊まりたいんだったら〝浅木さん嫌い〟って言えよ」

「い……言えない。嘘だったら、裕仁さんにとっても無意味でしょう」

いい加減にしろ。俺はそんな正論がほしいわけじゃないんだよ。

「優太郎は大人で真面目だな。ほんと立派だよ」

「裕仁さん、」

「おまえは俺がチサをふったって言ったとき、嬉しかったんじゃないの？　なあ。それともこれから先延々と〝優太郎が特別だけど、チサも大事な友だちだよ〟って言い続けてやろうか。おまえと同じように」

凍りついて立ちどまってんじゃないよ。ばか。俺の家はこっちだろ、ちゃんとついてこい。

「どうなんだよ、優太郎。チサはおまえと一緒で星が好きだしな。性格もさっぱりしてて顔も悪くない。一度付き合ったぶん思い入れもあるよ。おまえが浅木さんに恋愛相談するんなら、俺はチサしかいないいな。あーこれからも仲よくしてもらおう」

歩調がのろくなった優太郎の腕を引っ張って、歩きながら「チサがいないと困っちゃうな」「チサは頼りになるなー」と棒読みでちくちく続けた。

駅から離れるにつれ、人が減ってくる。

ふらふら歩いていた優太郎が、弁当屋の傍まできたとき、

「……裕仁さんが、チサさんと仲よくするんなら、僕に黙ってしてほしい。だから僕も、浅木さんとなにかあっても、言わないようにする」

またご立派な返答をよこしてきた。

「かちんとくんな、おまえは」

正論で返されると、独占欲に駆られる自分がどんどん惨《みじ》めになってくる。

そこまでして外とこっちの付き合いの折り合いをつけるのが大事か。ああそうだろうね、それが正しい大人の恋愛だろうね。外野にいちいち目くじら立てて、嫉妬してる俺がばかでガキでカスだよ。

「おまえのこと、監禁してやりたいよ」

弁当屋を大股でとおりすぎた。はやく帰って抱いて、俺に溺れさせたくて、苦しかった。

「〝なにかあったら〟って、おまえまた浅木さんとふたりで会うつもりなのかよ」

「……。裕仁さんだって、チサさんと会ってる」

ぼそぼそ文句を垂れた優太郎が、俺の手を握ってくる。

「俺は大学が一緒なだけだろ。自分から会いにいくのとは違う」

「僕だって、自分からはいかない。会ったとしたって、恋人がいる浅木さんと、貴方と昔関係のあったチサさんとは、重みが違うと思う」

おまえがえらそうに嫉妬するなよ、と苛つきながら手を繋ぎ返した。

「こっちはきっぱりふってるんだよ」

「浅木さんは男が好きなわけじゃないよっ」

「俺だって違ったよ！　それをおまえがあっさり変えたんじゃないか！」

声を張りあげて怒鳴るなんていつぶりだ。ほんとに人格ごと全部変えられた、と面食らってから、我に返る。……なにこんな道端で、好き好き言い合ってるんだ、俺たちは。

優太郎の横顔を睨みつけてうかがうと、俯いて目をこすっていた。

「……喧嘩するぐらいなら、監禁されたいよ」

それを聞いて、やっと怒りが半分くらいやわらいだ。

「コンビニ寄るよ」

ほどなくして家に一番近いコンビニへついた。

かごを持って雑誌コーナーを横切ると、うしろから優太郎が「泊まっていいの」と、いまさらすぎることを訊いてくる。ここから家まで五分もないっつの。

とはいえ、いいよ、と素直にこたえるのもどことなく悔しいので、ちょっと迷ったあと、目の前にあったカラフルな小箱を指さした。

「これ買ってきてくれるなら、いいかな」

ゴムだってことは、さすがに知ってるらしい。優太郎は途端にくちと眉間をひくつかせて、紅潮する。

初々《ういうい》しさが新鮮で、危うく吹きだしそうになったのを耐えつつ「ほら」と渡したら、そうっと受け取って凝視した。ちいさい頭のなかでレジに行って買うまでのあれこれをシミュレートして、ぐるぐる焦ってるのがわかる。

「俺としたくないの」

訊いて追いうちをかけると、俯いてかたまってしまった。さらんと流れた髪の隙間から、赤い耳が覗く。

傷ついてほしかった。〝好きだ〟〝特別だ〟と誰にでも言える言葉で告白されるより、傷ついてもらったほうが確信できる。人間は笑顔で嘘をつけても、痛みにだけは正直だからだ。

「僕は……」

言いかけた優太郎が、俺の顔を上目づかいでうかがう。羞恥に襲われて目まで潤《うる》ませてなにか訴えていたけど、次の瞬間、身を翻して黙ってレジへむかっていった。

ずんずん遠ざかっていく背中と、真っ赤な耳。

「待った」

思わず腕を摑んで引きとめた。

「やっぱりいいよ、優太郎」

「へ」

優太郎の手から箱をむしり取って棚に戻す。

「なんで……っ」

ほんとにね。

「まあ、気が変わったってことで。夕飯と飲みもの買って帰ろう」

「なっ、ちょっ……！」

かごに適当な食料を放りこんで、優太郎にもごはんを選ばせると、「外で待ってな」と追いだして、ひとりで会計した。たぶん優太郎は〝自分のかわりに買ってくれたんだ〟と勘違いしただろうが、アレは最初っから家にあるし、財布のなかにも常備してある。

優太郎の恥ずかしがって紅潮した顔すら、店員に見せてやるのが癪《しゃく》だっただけだ。

セックスのとき、優太郎は意外と大胆だなと思う。

初めてだと言うわりに、初心者むけとは言えない体位を要求してもすんなりこたえてくれるし、自分からも俺に触ってくる。それでいて快楽に溺れきった卑《いや》しさがあるでもなく、仕草には不思議な品があって、丁寧。細い指はしなやかに俺を撫でて、ちいさなくちと舌は、肌の一箇所ずつをきちんと咀嚼するように、やんわり味わう。

わかるのは、優太郎の求めてくれてるものが容易い快楽じゃなくて、俺自身だということ。

「優太郎」

「……ん」

「〝浅木さん嫌い〟って、まだ聞いてないよ」

浴室の湯船で、俺のうえに重なって鎖骨をはんでくれていた優太郎が、顔をあげた。

「監禁してくれればいいでしょ」

帰宅してからここへくるまでのあいだに、俺も、好きだよ、ごめん、離さない、愛してる、と繰り返したせいか、もう安心した面持ちで俺の首に両腕をまわして、くちづけてくる。

「裕仁さんもどこにもいかせない」

足を絡めて優太郎の腰を引き寄せた。唇の隙間に水がまじって、唾液の味を薄める。こすれて引きつる肌の柔らかさと、体温の高さが心地いい。くちの角度を変えて舌を吸い寄せたら、優太郎の喉から「ン……」と甘い声が洩れてきて、胸が震えた。湯がたぷんと揺らぐ。

「優太郎、浴室で使えるホームスターがあるの知ってる?」

「浴室でっ?」

ホームスターは室内で星空を楽しめる家庭用プラネタリウムで、高額で本格的なものから手頃でコンパクトなものまで、さまざまある。

「今度買ってくるから、一緒に見よう」

「ンン……見たいけど、高いでしょ?」

「ううん。でもプレゼントするのは、これから毎週金曜の夜に、うちへ泊まるのが条件」

目を瞬いた優太郎が、ふっと吹きだしてしがみついてきた。ぴったり身体を合わせてきつく抱き締めて、「監禁デーだ」と囁く。俺も優太郎の背中を撫でて、濡れた胸に唇をつけた。

優太郎の親はしつけがしっかりしていて、優太郎本人もそれに反発する性格じゃなかったから、平和な時間のなかで穏やかに成長してきたんだろうと想像できる。

俺の友だちは中学頃から親を遠ざけるようになって、夜ごと近所のコンビニや公園やらで落ち合ってはだらだら話しこんでたもんだけど、優太郎は夜の外出時には親に報告するし、テスト期間中にはいまだに、母親の手づくりケーキを食べて話し相手になってるというんだから。

「毎週だよ、優太郎」

「……うん」

たぶん無理だろう、とわかっていても約束がほしかった。

それでなくとも優太郎が『潮騒』を辞めてからは、会う時間がぐんと減っている。夜バイトしてる俺は、優太郎の時間に合わせて電話できる日も限られている。今日の初デートの場所にばかみたいに拘ったのも、そのへんが理由だってわかってくれてるのかな、この子は。

「……会えないのが不満だ」

ちいさく声にしてみたら、ああ……俺は寂しいんだ、と理解した。

子どもの頃に甘えられなかったつけが、いまになって押し寄せてる。心の奥にひた隠しにしてきた幼い自分が、優太郎のまえでだけ暴れだす。傍にいてほしい。絶対消えないでほしい。二度と失いたくない。一秒後もいまも、好きだって教えていてほしい。

「裕仁さん。僕たちは、一緒にいるって確認するために、離れるんだよ」

「……なにそれ」

俺の髪のあいだに指を差し入れて、優太郎の掌が慈《いつく》しむように撫でてくれる。

「僕は裕仁さんと付き合うようになってから、なにをしてても誰と話してても、裕仁さんに繫げて考えてるよ。傍にいなくてもずっと一緒にいる気がする」

それは。

「それは、過去の俺だよ。明日優太郎が思い出す今日の俺は、明日の俺じゃない」

よく知ってる。記憶のなかで歳をとらない父親と、母親を。何遍だって想ってきた。でも、ここにはいなかった。いつかあの頃のふたりの年齢を超えるときがきても、きっといない。

「会いたい、ちゃんと。いまの優太郎に」

「裕仁さん……」

しごくまともな優太郎の家庭環境や、自分たちの性別を思うと、心が塞ぐ。ついつい別れを想像してしまうのは、過去のトラウマのせいでも、現在の幸せのせいでもあるだろう。

それでも、

「どうしても辛くなったら、優太郎に会いにいくよ」

最後まで足掻くつもりだ。伯母の財布から金をくすねて、あの寒くてすかすかな実家へ何度も帰ろうとしたときと同じように。現実からも、大切なものからも、逃げない。

「……わかった。待ってる」

優太郎はゆっくり身体を離して目を見つめながら、「けど、」と重ねた。

「けどできれば、きてくれるときは連絡して。——僕も一緒に走っていくから」

お風呂からでると、裕仁さんとお弁当を食べた。

「近所におばあちゃんがひとりでやってる弁当屋があるんだけど、そこの親子丼は卵がふわっふわでタレもコクがあって、すごくおいしいんだよ。来週、食べさせてやるな」

「うん」

なんで今日はコンビニだったんだろ。やっぱり……ゴム、のためかな。

買ってくるのは家に泊まらせてもらうための条件だったのに、結局彼に買わせてしまった。挙げ句、浅木さんを嫌いだって言うこともできずに、いまも裕仁さんの嫉妬心を放置してる。

僕が頑固を貫けば貫くほど、裕仁さんを我慢させるんだ。でもだったら、どうすればいいんだろう。

浅木さんなんかいらない、と嘘をつき続ければいいのか。チサさんと会わないで、と強欲に怒鳴れば喜んでくれたのか。できるものなら監禁されたい、とばかげた我が侭に酔えばよかったのか。自分の大学受験のことも、この人の教師になる夢さえも、かなぐり捨てて。

……片想いより、両想いのほうが大変だ。自分の心ひとつでできるものじゃないから。

「裕仁さん、変なこと言ってもいい」

「ん？」

フォローにもなんにもならなくても、思ったことはなるべくくちにだしていこう。

「さっきの、コンビニで、僕は……ゴムを、しなくてもいいのにって、思ったんだけど……」

しないといけないんですか、と続けた声が、裕仁さんの笑い声に掻き消された。

ひとしきり笑って咽《む》せてウーロン茶を飲んだあと、深呼吸して言う。

「まあ、善し悪しはともかく……愛されてるのはわかったよ」

んー……？　なら、まあよかった。


深夜、僕は裕仁さんの胸に背をあずけて、ベッドの横の窓から星を見あげていた。

深い紺色の空に、オリオン座が見える。すこし寒くて身を竦めると、裕仁さんは黙って毛布を僕の肩まで引き寄せてくれた。

「可惜夜だね」と、裕仁さんが言った。

「昔、教えてくれただろ。名残惜しい夜のこと」

さらさらと彼の掌が僕の前髪を梳いてくれる。

「……裕仁さんは記憶力がいいね」

「忘れたの？」

まさか、とこたえて笑った。あの始まりの日の帰り道を、忘れられるはずがない。

「これからもたくさん、可惜夜が増えていくといいな……」

うっとり呟くと、裕仁さんが頭にくちづけて抱き竦めてくれたから、僕も擦り寄った。

「幸せだね」と裕仁さんの腕を撫でたら、彼は「寂しいよ」と言った。

「……どうして?」

「幸せだから」

決して溶け合わない、まじらない身体に対するもどかしさは、切なさにすりかわった。

確かに幸福なほど未来がぼやけて、すすむ道を見失う。

片想いの頃は、傍にいて大事に想うことが目標だった。山を登る途中と同じで、どこを目指せばいいのかわかっていたから、躓《つまず》いても歩けた。

でも両想いになってしまったいまは、幸せを維持することが目標だ。山のてっぺんにいる。道はないからすすめない。羽根もないから、空へはいけない。そして頂上の景色はいずれ飽きがくる。

頑《かたく》なな僕に、裕仁さんはいつかまた、つかれてしまわないだろうか。新しい幸福を知りたくならないだろうか。抱き合った証をきちんと産める女性を、欲しくならないだろうか。

そこまで絶望させないために努力したい。この気持ちを、僕はきちんと伝え続けられるだろうか。

「……こんな夜があると思わなかった」と、裕仁さんが吐息とともに囁く。

夜の闇の、重たくも軽くもない、ただただ澄んだ空気のなかで細く息をついて、裕仁さんの喉元から浮かぶ香りごと吸う。胸の底まで裕仁さんが入ってくる。繰り返してるうちに、ほんとうにひとつになっていく気がする。

「優太郎。来週はここで親子丼食べて、再来週は山に星を見にいこう」

「……うん」

「その次は海で星を見て、その次は、親子丼の次においしいのり弁当を食べる」

僕は笑って、もう一度、うん、と頷く。約束は寂しがりやが欲しがる安堵だ。

左手を包まれて振りむくと、裕仁さんが微笑している。ひとりじゃないよ、と言いたくなって、唇を寄せてくちづけて、指を絡めて撫で合いながら、掌でも会話した。

鼻で呼吸するのを教わったのに、舌で吸い続けていると興奮も相まって、だんだん鼻がふんふんいうようになる。不本意ながら俯いて息を吸ったら、ちく、と唇が離れてすぐ、顎を戻されて、「だめ」と、子どものような甘えた声でねだられた。

「まだ足りないよ」

鼻がふんふんいうのが恥ずかしいんだよ、と教えると、彼はほわっと笑顔になる。

「つまんない理由で拒むな」

それでまた、指先を絡めてキスをする。……胸まで焦がす、とてつもない至福感だった。

お互い違う場所で違う生きかたをしてきたのは、ぶつかり合う原因にもなるけれど惹かれ合う理由にもなった。経験不足で無知な自分だって、彼を満たす力があるんだと信じたい。

傍にいよう。傍にいたい。

月が消えて可惜夜があけても、この人が幸せなままま、寂しくないように。

# あとがき

ダリアさんから、三冊目の本になります。お手に取ってくださり、ありがとうございます。

いじわるな人が時々やさしい、のより、やさしい人が時々いじわる、のほうが好きです。

片想いする男の子と、いじわるな人は、久々に書きましたがとても馴染みました。

『潮騒』というお店の設定は高校生の頃にできたので、本にしていただけたことも、とても感慨深いです。自分で名づけておきながら、レンタルショップの店名としてなんか変だなあと、ずっと思っていたんですけど、今作のタイトルを決めたあと、十年以上のときを経てやっと、すとんとはまったのがまた、おもしろい奇跡でした。

星は本田で、サカナは優太郎です。

葛西リカコ先生。先生の仕事への姿勢からたくさん刺激をいただきました。ご一緒できて本当に幸せです。本田が大熊座のかたちのよだれをたらして寝てるラフ、ずっと大事にします。

担当さんほか、お力添えくださったみなさまにも、心からお礼申しあげます。

大切に書きました。不器用なふたりのやさしい想いが、届きますように。

朝丘 戻

ハルさんの私生活を
くわしく知りたいです。
ありがとうございました
Ricaco.K

ダリア文庫をお買い上げいただきましてありがとうございます。
この本を読んでのご意見・ご感想・ファンレターをお待ちしております。

〈あて先〉
〒173-8561　東京都板橋区弥生町78-3
(株)フロンティアワークス　ダリア編集部
感想係、または「朝丘 戻先生」「葛西リカコ先生」係

❋初出一覧❋



# 星を泳ぐサカナ

2011年7月20日　第一刷発行

著者　朝丘 戻

発行者　藤井春彦

発行所　株式会社フロンティアワークス
〒173-8561　東京都板橋区弥生町78-3
営業　TEL 03-3972-0346　FAX 03-3972-0344
編集　TEL 03-3972-1445

印刷所　図書印刷株式会社